# マドモアゼルSの恋文

1928-1930

✲

ジャン＝イヴ・ベルトー
訳　齋藤可津子



飛鳥新社

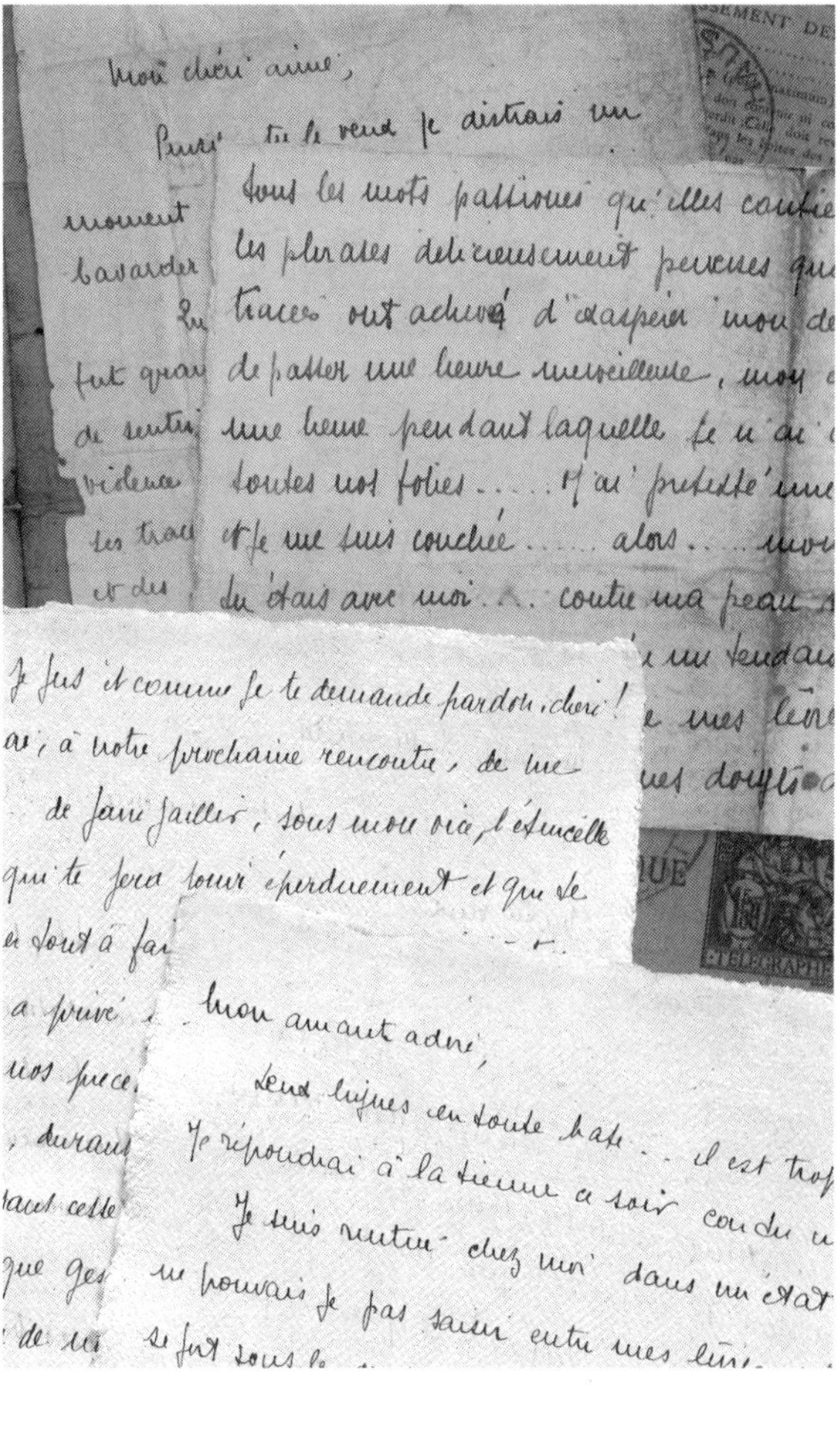

Mon chéri aimé,

Puisque tu le veux je aintrais un moment bavarder

tous les mots passionés qu'elles contien les phrases délicieusement perçues qui En traces ont achevé d'exaspérer mou de
fut gran  de passer une heure merveilleuse., moi
de sentir  une heure pendant laquelle je n'ai c
vident  toutes nos folies..... J'ai prétexté une
les trou  et je me suis couchée...... alors... mon
et des  tu étais avec moi... contre ma peau

Je suis et comme je te le demande pardon, chéri !
as, à notre prochaine rencontre, de me
de faire jaillir, sous mon via, l'étincelle
qui te fera jouir éperdument et qui se
en tout à fai

a privé  Mon amant adoré,
nos pieces       Deux lignes en toute hâte... il est trop
, durant  Je répondrai à la tienne ce soir  concl u
aut cette      Je suis rentré chez moi dans un état
que ges  ne pouvais je pas saisir entre mes lèv
de vo  se fut sous l

MADEMOISELLE S.

# はじめに——地下室で発見した手紙について

アパルトマンを引き払う女友達を手伝って、家財道具の処分をしていた時のことである。手つかずになっていた地下室で、がらくたの堆積から壊れた額縁や脚の欠けた椅子などをどかしていくと、木箱が目に入った。ジャムの空き瓶がぎっしり詰められ、上下は古新聞で厚く覆われている。使わなくなった蓋もない広口瓶を保管するのに、なぜここまで厳重にするだろう？　もしこれが、何か驚くべき秘密を隠蔽するためだとしたら？

私はその時、ただならぬ事態が目前に迫っているような、めったにない感覚に襲われていた。重大な事件が今まさに起こりつつあるような、チャンス到来の瞬間、あるいは奇跡に立ち会うような、要するに鳥肌の立つ感覚である。ひょっとして、宝の地図か銀貨の詰まった毛糸の靴下、消滅して久しい会社の株券、今は亡き乙女の日記、モーツァルトの未発表の楽譜かもしれない。

そんなわけで、一気に古新聞と広口瓶の覆いをとりのぞいてみると、底からは、銀のイニシャルが彫られたずっしり重い立派な革製のカバンが現われた。なかには同じ筆跡の手紙ばかりが、実に乱雑に詰め込まれている。

手始めに一通、そしてもう一通と目をとおすうち、すべての書簡が明らかに恋文で、きわどいどころか信じ難い大胆さ、エロティックな言葉遣いで綴られていることがわかった。これらが周到にカバンにまとめられ隠匿されていたのは一目瞭然だった。そのなかには一九二九年と記された手紙があった。そして、すべてに同一の女性、シモーヌとの署名があった。

好奇心に駆られた私は、女友達から手紙を買い取った。そんなわけでここにお届けするのが、シモーヌが愛人シャルルに書き綴った手紙である。日付がめったに記されていない書簡を、ほぼ一年かけて時系列順に整理したが、これも私が大使として駐在していた国が平穏で、週末や夕べの時間を作業にあてることができたからである。膨大な量の手紙のなかから三分の一あまりに数を絞って読者にお届けする。プライバシー保護のため登場する人名と地名は変更した。

この書簡集が多くの読者に愉しんでいただければ幸いである……。

ここにはある女性と愛人の淫奔な関係が、かぎりなく赤裸々な言葉で綴られ、興味津々で読み進めれば、まるで時代にそぐわないポルノ小説を読み耽っている気分にさせられるだろう。実際、シモーヌの大胆な言葉遣いは、日を追って過激になっていく。これが教養ある若い女性、しかも、どこから見ても歴《れっき》とした「良家の子女」の手で書かれているのだから意表を衝かれる。この不謹慎と、きわめて「現代的」な言葉遣いは何なのか？　当時、このような手紙を書けたのは一体どんな女性だったのか？

出版前、手紙を見せた親友にこう言われた。「おい、この手紙は自分で書いたんだろう！一九二八年に女性がこんなものを書けるはずがない！」だから、実物の色褪せた手紙を見せて、やっと信じてもらえたのだった。

あくまで上品な言いまわしに、恥じらいもなく散りばめられた猥褻な語彙を、シモーヌはどこで仕入れたのだろう？　推測するに、巧まずして洗練された文章にこのような語彙を闖入させることで初めて、彼女は性を謳歌するための禁断の一線を越えることができたのではないだろうか。

おそらくシャルルが情事の時に漏らした表現を借用もしただろう。男は妻には言えない言葉を、愛人にならあえて口に出してみるものである。こうしてシモーヌは「雄」の語彙を身につけ、奔放さを獲得していったのだ。このような奔放なふるまいが当時にあっては突飛でも、シャルルに催淫作用を及ぼしたであろうことは想像に難くない。奔放な言葉は愛人たちにさらなる可能性を開く。言葉を口に出すという最高の禁忌がこうして取り払われたのだ。

大胆不敵な言葉は相応の行為をともない、禁を犯す者には範を示す前例があるものだ。シモーヌの模範を、いたって「古典的」であろう彼女の蔵書に求めても無駄だろう。それはむしろ、彼女の内面、そして当時の集団的無意識に求められるのではないだろうか。なぜなら、当時もっとも猥褻とされる文学をいくら見渡しても、インスピレーションの源になりそうなものは見あたらないからだ。

手紙が書かれた頃（一九二八年から一九三〇年）、ジュネは泥棒になっていたが、まだ作家ではなく、何も発表していなかった。ピエール・ルイスはまだその過激さに到達していなかった。ジッドは一九二四年に『コリドン』、一九二六年に『一粒の麦もし死なずば』を発表していたが、自らの同性愛を慎重にほのめかしているにすぎないし、『ビリティスの歌』がブルジョワ階級の趣味人の愛読書となるのは、まだ先のことである。いずれにしても、これらの書物のどれをとっても、当時なら猥褻とされたであろう言葉遣いは見られないのである。

だが、シモーヌは始動しはじめた新世界に身をおいていた。彼女が生きていた時代、最初のポルノグラフィックな無声映画、ジョセフィン・ベイカーの「黒人レヴュー」、その他あまたの実験芸術が登場し、風俗を変革し、社会もまた、道徳を度外視するこの新しいパリ的潮流の出現に否応なくさらされていた。したがって、ここに登場する若い二人の愛人も、政教分離から二十年そこそこの当時の社会現象の一例なのである。

驚くべきこの文書の見どころは多々あるが、その一つは黄金の二〇年代の人々の奔放ぶりを明らかにし、第一次世界大戦の動乱から十年後、ようやく解放された女性たち、「ボーイッシュ」を自負する女性の生活を生々しく伝えてくれることだ。これらの手紙はまた、十九世紀末、そして両大戦間のパリジャンの生態が評判どおりであったことを実証している。

これらの書簡は衝動や感情が永遠不滅であることを教えてくれるだけではない。我々がうすうす感じているように、現代世界がすべて創出しつくしたと高をくくってはいても、いまだに人間的な本能と渇望の際限のない横溢に喘いでいる事実を改めて気づかせてもくれる。

しかし、この書簡で私がもっとも魅了され、深い印象を受け、読者にもお届けしたいと思うのは、何より愛の物語である。強迫神経症まじりの壮麗で悲劇的なシモーヌの愛の物語に、私は心を揺さぶられた。彼女は大いに苦悩したが、その愛情と献身は、狂気を超えて、現代に晴れがましく息を吹き返すに値するのではないか。苦しみに満ちた日陰の人生の悲劇的側面は、死後に認められてしかるべきではないかという気がする。

正直のところ大使の職を辞したばかりで本書を刊行するのは小気味よくもある。シモーヌのように、私も事なかれ主義者ではないのだ。

J.Y.B.

目次

装丁　芥陽子
装画　オカダミカ

# 1928

一九二八年
土曜日、十一時半

いとしい人、短い手紙でごめんなさい……。言いたいことはたくさんあるのに、時間がないのです！

今日はあなたを優しく想い、いとしい唇と茶色い瞳に口づけを送ります。想いだけでも、そばにいることに変わりありません。あなたは、わたしを想ってくださる？　きっと、そうしてくださるわね。それに月曜の便で、ほんの一言いただけたら、それほど嬉しいことはありません。

できれば来週、平日の夜にお会いできないでしょうか。あなたの愛撫が欲しくて土曜まで待てそうにありません。

前回のような情熱的なひとときを、また味わいたい……。あなたの愛撫を想うと不思議に心が騒ぎ、またその腕のなかで夢のような興奮を味わわせてほしい。激しい欲望のたけを込めて愛し、倒錯的な抱擁で気が触れるほど快感に身悶えさせてほしい。いとしい人、あなたも、あの愛撫を味わいたいとおっしゃってください。わたしに抱かれて幸せだと、そして、愛しているとおっしゃってください……。

むこう二日間はお行儀よくしていてね、わたしの大好きな人。倒錯的な愛撫は控えて、わたしだけのためにとっておいてください。そうやって、ずっと、ずっと愛したい。

さようなら、わたしの小さな神様。月曜の夜にお会いできるのを楽しみにしています！

夢のようなそのからだを全部ゆだねてください。きつく、きつく抱きしめ、陶然とする香りに浸りたい。唇を重ね、深々と、あなたへの、あなただけへの想いでいっぱいの真心を込めたキスをします。

心からの愛情を込めて。愛しています。

シモーヌ

わたしの大切な愛人、

ゆうべは、なんとすばらしかったことか……。おそばで過ごしたひとときに胸を昂らせていたところへ、あなたからの気送速達《プヌマティック》(*1)にとどめを刺され、欲情で痺れています。熱い言葉で甘美に心を掻き乱され、寝室の闇の大きなベッドで、あまりお行儀よくしていられませんでした。あなたを迎えるように、からだの隅々に香水をつけてから、冷たいシーツに身をすべらせました。

枕に頭をのせ、わたしの小さな神様のいとしい姿を思い浮かべる。手でゆっくり愛撫し、からだがかすかにわなないてくる。手は乳房からお尻へ降りていく。温かい茂みにしばし迷いこんだあと、もっと奥へすべりこみ、小さな蕾をさぐる。貪欲な指が優しく愛撫するあいだ、もう一方の手はお尻の割れ目にわけいる。二重の愛撫ではてしない快感に襲われる。

わたしがいま悦びに身を震わせているのは、一心にあなたのことを想像しているから。快感が強烈で、声をあげないように堪える。

シャルル、いとしいシャルル、明日、お望みの煽情的な光景をお見せします。そして、わたしがあられもなくオルガズムに達する時、息つく暇も与えずわたしのすべてを奪い、さらに強烈なオルガズムで快楽へと連れて行ってください。

明日になれば二人ですべての妄想を実現できます。

またも、ここで筆をおかなければなりません。願望をすべてお伝えする時間がありません。

ではのちほど。愛しています。

シモーヌ

(*1) 気送速達《プヌマティック》とは、むしろ略称「プヌ」で知られる、きわめてパリ的な郵便伝達手段である。一八七九年に実用化され、ファックスついでEメールに押されて廃止されたのは一九八四年。圧縮された空気で手紙を分速一キロメートルで送り出す設備が、当時はパリ市内百二十の郵便局に設置されていた。

利用者はあらかじめ郵便局で専用の用紙を入手し、用紙の裏面に通信文をしたためる。通信文は二十行ほど綴ることができた。通信文を書いたあと用紙を二つに折り、三辺の縁をのりづけし、表面に宛て先を記入する。

気送管はパリ市内全域を網羅していたため、発送して数分後には、宛て先の最寄り郵便局の配達人が届けに駆けつけることができた。当時としては「リアルタイム」な配達だった。

(註はすべてジャン=イヴ・ベルトーによる)

七月三十一日　火曜日

わたしの大切な人、

長いお手紙をたしかに受けとりました。このようなお手紙をくださって、なんて優しい方なのでしょう。郵便受に小さな白い封筒を見つけると、どんなに嬉しいか！　すぐに返事が来ないと悲しいのは、わたしも同じです。愛しています！

次の日曜の晩まで、ここを発つことができません。わたしも次の逢引を待ち焦がれているのに。あなたのことばかり想っています。いつも、これからも、最高の愛人であるあなたを求めてやみません。

いいえ、飽きたりなどしませんから、どうぞ安心なさって。あなたに抱かれてこのうえなく幸せでしたから、また抱かれたらどれほどの快感かわかります……。

もう次の逢引の場面が目に浮かびます。残酷に痛めつけられるでしょう。あなたに捧げたこの身をのけぞらせ、許しを乞う……。それから、肌を重ね、わななく太腿を絡ませ、唇を求め獰猛に口づけをする。あなたは激しく欲情するでしょう。お好きなように抱いて、狂おしい抱擁で、このような愛撫でしか得られないはてしない快感に一緒にのぼりつめるでしょう。

お望みの愛撫はなんでも惜しげなくさしあげます。とびきり倒錯的なのは、いかが？　いとしいシャルル、あなたに悦んでもらえるなら、どんな倒錯的な愛撫でも平気です。ご命令に従います、いとしいご主人様！　腕のなかにとびこみたくてどれほどうずうずしているか、知っていただけたら！　こんなに大きな恍惚を与えてくれるそのからだが恋しくてなりません……。

いとしい人、この長い別離のあと再会したら、どんなに激しく愛し合うか。結ばれることは叶わないけれど……。ああ！　一晩、自由になれないでしょうか！　どんなにすばらしい時間を過ごせることか。狂おしい恍惚のあと、大きな部屋の薄暗い静寂のなかで、二人が力尽きてひしと抱き合う。至高の歓喜にのぼりつめたあと、あの大きなベッドで一緒にやすめたら、どんなにすばらしいか……。でも、そんな場面を想像してどうなるでしょう。許されない幸福なのに……。

わたしが戻ってすぐの土曜まで熱狂的な抱擁はおあずけです。ただ、心配事があります。わたしの家族が戻ってきたら、どこで会っていいかわからないのです……！　だって、すぐ切りあげられそうにないでしょう。あなたが名残惜しくしていらしたら、わたしだって愛撫を諦めきれません……。この件について考えなくてはなりません。パリに帰ったら話しましょうね？

この辺で筆をおきます。わたしがここを発つ前に読めるように、長いお手紙をください。

わたしの写真は一枚も撮りませんでした！

さようなら、わたしの大切な人。からだじゅうにキスの雨を降らせます。では月曜に。

わたしの大好きな愛人、気が狂うほど愛しています。

あなたのシモーヌ

1928

金曜日　十一時

愛する人、
　わたしからの手紙もこれが最後です。二日後にはパリ行きの列車に乗り、長い別離のあと、早く胸に抱きしめたくてたまらないあなたのもとへ戻ります。

　離れて過ごしたこの二十三日間、どれほどあなたが恋しかったか。毎日が陰鬱で、美しい自然に囲まれていても、心が慰められることはありませんでした！　優しいお手紙で愛を伝えていただけなかったら、ともに過ごしたすばらしい時間を思い起こさせていただけなかったら、もっと悲しかったにちがいありません！

　わたしたちの情事の話をしてほしい？　どれほど雄弁な言葉でも「わたしたちの情事」という短い言葉がはらむ情熱、荒々しさ、狂おしさにはおよびません。わたしたちが味わうすばらしいひととき、恍惚は語ろうにも語れるものではありません！「わたしたちの情事」のことごとくを想うと夢のような心地になると言うよりほかありません。

　あなたのおかげで今まで知らなかった強烈な快感を味わい、あなたの倒錯的な手練手管によって、より淫らで強烈な歓喜を求めてやまない秘めた本能が目覚めさせられました。あなたは精妙な愛の技法の達人。そんなあなたを引きつけておけるなんて、わたしは本当に果報者です。

　離れているあいだは何も想像せず、思い出していました。だから、二人のからだが対峙し、あなたの肌が迫ってきたら、欲望の戦慄に衝き動かされてあらゆる狂態を演じることになるでしょう！　そう、絶対的な愛を捧げています。心のみならず、とりわけ官能で、からだで愛し、すべてを欲しているのです。どんなに奥まった襞もあまさず隅々まで愛撫し、口づけしたい！　あなたを前にし、美しい裸を抱くと、不意に熱狂に駆られるのです。ああ！　愛する人、されるがままになって、いたるところを愛撫させてください。その白くすべすべの肌、ひきしまったお尻、お腹、そしてわたしの火照った頰を冷ましてくれるその胸に、無我夢中で接吻したい。狂おしい興奮を試したければおっしゃって、命じて、従いますから。あなたが欲望と歓喜に喘ぐのを聴くのが、嬉しくてならないのです。

　甘美なときめきに胸を高鳴らせ、久しぶりの抱擁を待っています。痛めつけられるのでしょうね。仕方ありません。でも、わたしに抱かれて幸せだとおっしゃって。痛めつけられ征服され、力尽きたわたしを抱いて、勝利の雄叫びをあげるとおっしゃってください！

　あなたの荒々しい愛撫に痺れる満身の力のふりしぼって、身も心も捧げます……。それが二人をもっと完全に結びつけるものなら、あなたの激情もすすんで受けいれます。わたしもこのうえなく強烈な官能を知りました。打たれ、めちゃくちゃにされながら、全身でオルガズムに達しました。とりわけ、あなたの巧みな支配でオルガズムに達したのです。初めて知ったあの快楽をまた体験したい。もはや凡庸なセックスは醒めた気分にさせられるだけ。絶対にあなたとはしたくないものです。お互い落胆するのはわかっているのですから。いまや、わたしたちは禁断の世界を飛翔する「無法者」で、熱狂し、倒錯し、「わたしたちの情事」そのものなのに、そんなことをしては凡庸な愛人関係に堕ちてしまいます。

愛するあなた、悲しいかな、務めに拘束されて、あなたの胸で甘美なひとときを味わえません！　あなた同様、わたしもままならないのです。列車を降りて、八時にはオフィスに出なければなりません！　土曜まで辛抱づよく待たなければなりません！　でも、五分だけオフィスに寄ってくださるか、せめて声だけでも聴けるよう電話（*1）していただけたら！

ここで筆をおき、すぐ投函しに行きます。愛しい人、さようなら。狂ったように抱きしめます！

あなたのシモーヌ

（*1）ほぼ百年前にシモーヌが電話を使っていることで、読者が現代的な印象を受けたとすれば、それは誤りである。当時のパリは世界でもっとも進んだ都市だった。パリの地下鉄《メトロ》は一九〇〇年に開通し、電話はそれ以前に登場していた。

ドゥエ市電報局長シャルル・ボンスルが、一八五四年の『リリュストゥラシオン』誌に「はなしことばの電送」と題する記事を載せ、初めて電話の仕組みを紹介している。首都パリにおける最初の電話利用登録は一八八一年にさかのぼる。

とはいえ、一九二八年当時、電話の利用は上流階級や貴族階級のごく少数のエリートにかぎられていた。そんなわけで、当時、数千のパリ市民がこの新しい通信手段を手にしていたが、ちょうどこの書簡が交わされていた頃、電話は飛躍的に普及し、一九二八年九月にはパリに最初の電話自動交換局が開設された。それ以降、利用者は各自、穴のあいた円形のダイヤルで、アルファベットと数字を組み合わせた電話番号を回すようになる。

ところで、プルーストの作品には電話が登場し、とりわけ『ゲルマントのほう』では祖母との電話について言及されている。作家は書簡で、電話での会話を「テレフォナージュ」という魅力的な造語で呼んでいる。

いずれにしても、社会的背景についてあまり教えてくれない我らがヒロインが、どのような社会階層に属していたかを知る貴重な手がかりとなる。彼女の表現や文体にも裏付けられるとおり、まちがいなく特権階級に属していただろう。シャルルとの純愛が始まって三か月後、最先端のダイヤルを手にした彼女が、初めて彼に電話をかけてみる姿が目に浮かぶ。

## 土曜日　九時三十分

わたしの大切な愛人、
あのような一日のあとのなんという静けさ、なんという落ち着きでしょう！

つまり、完璧に満ち足りて、わたしのセックスは期待を裏切らなかったのですね。何よりもあなたに満足してほしいから、嬉しくてなりません。

あなたに狂おしい歓喜を与えられた、その歓喜にわたしは打ちひしがれ力尽きました。容赦なくお尻を打たれ、次なる試練にそなえます。一歩一歩残酷の段階をのぼり、いつの日か、できれば近いうちに、求め続けた倒錯的興奮を味わっていただけるでしょう。

ええ、いとしい人、上手に吸ってくれました。わななく蕾に、舌と唇で激しく接吻される。その瞬間にわたしを襲う深々とした陶酔！　あの目のくらむ愛撫を何よりも待っているのです。だって、それはあなたの惜しげない情熱的セックスの最高のしめくくりだから。

だけど、あなたに抱かれれば、それで幸せです。たとえ打ちひしがれても、並んで横たわり、そばにあなたを感じていたい。あなたに身を寄せ、肩に頭をもたせ、優しく抱きしめられながら、何時間でもあなたの寝顔を見ていたい。

いとしいシャルル、今朝は用事が多すぎてこれ以上書けませんが、どんなにあなたを想っているか、どんなに残酷でもあなたの愛撫ならすべて好きだということはわかってください。次の逢引では、あなたを悦ばせるため、どんな痛い目にもあえることを証明します。それがあなたのお望みなのですもの。貪欲な舌をわたしの肌に這わせ、じれた指でお尻を痛めつけてくるあなたは、孤独に思い描いていたとおりでした。やっと会えた、いとしい人。

わたしの愛撫は優しかった？　密かに望んでいたとおりでしたか？　それとも落胆させたかしら？　けれども、ゆだねられたお尻に舌をそっと優しくさし入れながら、あなたの内奥が快楽にわななないている気がしました。わたしの愛撫が激しさを増すにしたがって、ペニスが震えながら張りつめていきました。

わたしの倒錯的な愛撫がお気に召したら、いつでもしてさしあげます。鞭打たれながら、お尻の穴にあの圧倒的な器官を感じるのはこのうえなく甘美でした。絶対に凡庸なセックスなどしないのだから、次回は、あのような思いがけない体位を考えてみましょう。

ああ、わたしたちの熱狂はまだまだ尽きません。では、のちほど、いとしい人。今度はいつ愛し合えるのでしょうか？

優しく抱きしめ、唇と目に熱い口づけをします。

あなたのシモーヌ

いとしい人、

あなたのせいで気が狂いそうです。欲望と官能に狂いそうです。今朝、やっと気送速達を受けとりました。オフィスに出勤したら届いていたのです。昨日の七時三十分に届いていました。気が狂うほどじりじりじりして待っていたというのに！

二人の初めての抱擁に立ち会ったあの大きなベッドのぬくもりのなかで、ゆうべ、あなたを熱烈に想い、あなたがからだを横たえた場所を探しました。雄々しい裸体の美しいあなたを目に浮かべ、あの時の愛撫をことごとく思い返せるよう目をとじ、激しく欲情しました。火照ったからだを興奮によじらせ、ぎりぎりになるまで恍惚に痺れ、それから、どこまでも高まる歓喜の一瞬一瞬をじっくり堪能しながら、あなたに抱かれ、その舌で丹念に愛撫されていると思いこもうとしました。

狂おしいオルガズムに達しましたが、悲しいかな、我に返れば一人ぼっち。それにひきかえ、あなたはそばにいるのに——何メートルと離れていないのに——傍らには別の女性がいて、今この時もあなたの愛撫を受けているかもしれない！　だからわたしは欲望に泣き、小さな声で、囁き声であなたの名を呼びました。官能のわななきを呼びさますいとしい名を呼び、独り寝の床で長い間まんじりともせずにいたのです！

いとしいあなた、そのからだにどれだけ心掻き乱されているか、おわかりですか？　どれほど身も心も捧げているか、おわかりですか？　わたしはあなたのもの、持ち物、いまやあなたの快楽のままになる生きたおもちゃ、その熱狂の追随者でしかないのです。

倒錯的快楽に目覚めさせたのがわたしなのかはわかりませんが、とにかく今は、あなたのからだ、愛撫、抱擁以外は、もうどうでもよいのです。わたしのすべてがあなたのもの、あなたに抱かれる狂おしい恍惚のためだけに生き、ますます強固な絆で繋ぎとめられているのです。狂おしい激情の絆、倒錯的な官能の絆。だから、もうほかの男性に言い寄られるのも我慢ならないかもしれません。それくらい、あなたのセックスの思い出が甘美なのです。

いとしい人、まだ、わたしから離れて悲しませないで。まだ二人の情事は終わらないとおっしゃってください。そして、遠くへ行く時、わたしの抱擁からあなたを奪うあの地へ行く時は、どうか、腕をひろげてお帰りを待つ可愛い愛人のために、身を慎んでちょうだい！

いとしい人、あなたの不在に苦しむでしょう。欲情は毎晩いやましに激しくなるのに、また抱かれるまで三週間も待たなければなりません！　愛しています。おわかりですか？　もう肉欲でしか愛せないのか不安です。心もあなたの全存在の惑乱的な魅力の虜です。時間をとられるとやきもきするから、わかるのです！

いとしいあなた、土曜が待ち遠しい。ほかのことはすべて忘れましょう。そうよ、倒錯の階段をまた一段のぼるのです。倒錯って本当に甘美なのですもの！　官能的な悦びを味わい、快感へと容赦なく押し流される狂おしさ。

いとしい人、新しい愛撫をもっと考えだし、ともに最高の快楽に到達しましょう。どうですか？　二人のからだが固く結ばれ、隅々まであまさず歓喜にうち震える。硬くなったペニスをゆだねてください、狂ったように口づけするから。こうして、わななきながら待ちうけるわたしのお尻に入る準備が整うのです。

抱いてください。すべてを味わい、わたしのなかで果ててください。この腕に抱かれて悦んでほしい。愛しています。

シモーヌ

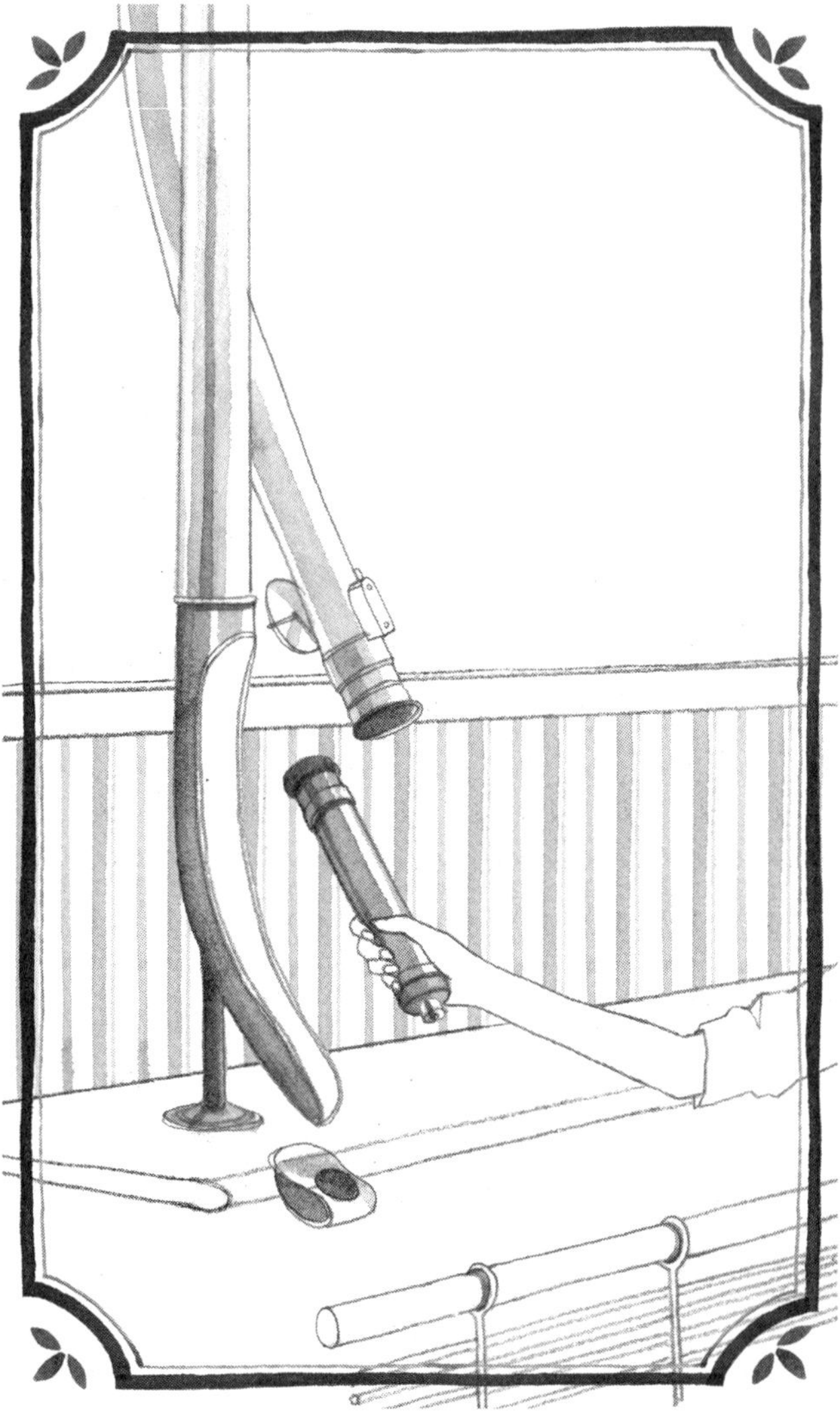

月曜日　四時

いとしい愛人、

久しぶりにお会いできてどんなに嬉しかったか！

この腕に抱きしめ、わたしをひきつけてやまないそのからだを情熱的に愛撫できたら、どんなによかったか。あなたの唇がわたしのそれに触れそうになった時、なんと甘美な眩暈に襲われたか！　口づけがはてしなく続いて欲しかった……。長い別離のあとで、それくらい会いたくてたまらなかったのです。

それなのに、またも離れ離れなのですね。でもその前に、ともに熱狂の時を過ごしましょう。だって、あなたは戻ってきてくれたのですから……。再会して、あなたがどんなにかけがえのない存在かあらためて実感し、今朝はおそばで、そのあらゆる輪郭を感じていました。狂おしく欲情していたのにお気づきにならなかったかもしれないけれど、距離を保っていなければ、どんな狂態を演じていたか知れません！

あなたの胸に、お腹に、お尻に夢中で口づけしていたでしょう。柔らかく温かなペニスをむき出しにして、貪欲にくわえていたでしょう。ゆっくり、ゆっくり吸い、口のなかでそれが脈打ち、膨らんでいくのを感じたでしょう。それから、可愛いお尻の割れ目へまわりこみ、あの敏感な場所を見つけて、あなた好みのあらゆる愛撫を、舌と唇でしてあげていたでしょう。どれほど官能的にあなたの秘められたからだを味わっていたことか。

あなたが挿入してくれるように、あなたのなかに入れないのが残念でなりません。何か違うセックスの方法を考えだし、未知の快感に呻き声をあげさせ、燃える唇からエロティックな錯乱の言葉を摘みとり、腕のなかで恍惚に痺れるあなたを眺めたい……。

ああ！　いとしいあなた、どんなに愛しているか……。疑えるものですか？　血に淫らの種子を蒔かれ、このうえなく猛々しいセックスを求めるようになったのです。

愛しています。発情した獣のように、愛しています。深々と貫かれ、内奥に放出されたい。あなたの愛撫か打擲にさらされながら、獣のようにオルガズムに達したい。どちらかはどうでもいいのです！

わたしの望みは、あなたを愛し、あなたを求めて熱を持つこのからだで快感をもたらすこと。わたしの大切な愛人、小さな神様、いやましに高まるこの激情を鎮めるために、あなたがいてくれるのではありませんか！

早く土曜になって、痛みに喘ぎ、愛したい。大好きなペニスとお尻にキスの雨を降らせたい。疲れ知らずの舌を這わせます。あなたのペニスを吸い、しごき、愛するでしょう……。ああ！　シャルル、欲望で狂いそう。もうたまりません。半狂乱で疼くこのからだをさしだします。

では今夜。大好きです。愛しています。あなたが欲しい。

シモーヌ

水曜日　真夜中

シャルル、今夜もまた、二人の関係をはっきりさせるのを先延ばしにしてしまいました。気が昂っていたし、往来の人ごみのなかで、とてもできませんでした。

突然どうしてしまったのですか？

あれこれ気をまわさず、率直に答えて欲しいのです。

この数日でひどく変わってしまいましたね、シャルル。バンドルにいらしたあいだ、手紙のあなたはこれまでになく温かく優しかった。わたし同様、一日も欠かさず手紙を書いてくださって、再会の時には忘れられない時間を過ごしました。それから、すこしずつよそよそしくなっている。手紙に返事すらくださらない。お会いできる夕方のほんの束の間も、わたしの前で塞ぎこんでいる。まるで、さっさとお別れのキスをして解放されたがっているようです。

わたしは会いたい一心でいるのに、あなたはもう別れるタイミングを見計らっている。

今週、平日の夜にお会いできるか話し合いましたが、まだご都合を教えていただけません。土曜はどうか訊ねました。田舎へ遠出するとの返事でした。

シャルル、このようなことすべてに心を痛めています。

昨夜は、心配事でもあるのだろうと考えました。気を落ち着かせるため、森を散歩しました。でも、今夜またしても、よそよそしい態度を目のあたりにし、あなたに決定的な変化が起こったのだと認めざるをえませんでした。

わたしたちのあいだでは、すべてはっきりさせましょう。感情を偽って何になるでしょう？ わたしに新鮮味を感じなくなったなら、ずるずる会い続けるべきではありません。そうできるうちに、穏やかにさよならを言うのです。ぐずぐずしてはいけません。四か月間の完璧な調和を、非情な言葉で台無しにすべきではありません。出会った時のように、微笑んで別れるべきです。

このお手紙で恨みつらみを言う気はさらさらないのです。

こんなことを書くのも心からあなたを想ってのこと。ひょっとして、わたしのことを十分に知らず、それで別れを切りだしそびれているのでしょうか。心配なさらないで、シャルル。何があっても、あなたは人生のかけがえのない思い出であり続けるし、ともに過ごした狂おしい時間はいつまでもわたしの記憶に生きているでしょう。

でも、今夜はこの苦悩を洗いざらい話さずにはいられませんでした。バンドルからの手紙に綴られていた甘美な言葉を忘れ去るには、まだあまりに日が浅いのです。

それにこの手紙はベッドで、わたしたちのベッドで、小さなランプのほのかな灯りで書いています。だから、二人の愛撫のことごとくが目に浮かんできて、未練に思っても無理はないでしょう？

大丈夫。時がたてばおさまります。すまなく思ったりなさらないで。もし終わりなら、そうおっしゃってください。大きな悲しみに襲われ、とても、とても未練に思うでしょう。だって、あなたを愛しているのですもの。愛しているけれど、恨んではいません。

さようなら、わたしの可愛いシャルル、美しすぎる小さな神様。土曜にしたかったように、そしていつも欲しているように、最後に一度だけ大好きなそのからだの隅々に口づけをさせてください。

一言でいい、返事を待っていますが、もし面倒ならお書きにならなくて構いません。理解できます。

唇に深々と口づけします。

あなたを愛する愛人より。

シモーヌ

1928

## 日曜日　夜

いとしい人、
この部屋での生活も今夜で最後です。明晩はここを離れると思うと、悲しみに襲われます。わたしの幸福をほんのすこし、それからわたし自身を多く残していくような気がします。今夜は、かつてなく多くの思い出にとりまかれ、悩ましいイメージが目の前をよぎっていきます。あなたもそこに、わたしといます。あなたが浴室で服を脱ぐ。わたしはその気配に耳を傾ける。まもなく、すばらしく美しい裸体で現われる。
今夜この部屋は、あの日々とまったく変わりません。整理だんすの上の小さなランプがベッドとわたしの周囲をほのかに照らし、そこここに置かれた花瓶には、昨日みなさんからお祝いにいただいた花が活けられ、あの七月の爽やかな朝の赤いバラを思い出させられます。
この大きなベッドに一人きりだなんて。あなたがそばにいてくれたら、一緒にどんな狂乱に耽られることか。

昨日はぼろぼろになってあなたの腕を抜けだしました。なんという猛々しさで責めたてられたことか。わたしの悲痛な声に気を鎮めることもなく、最後はこのお尻を激しく鷲摑みにして官能の痙攣にうたれていらした。

いとしい人、今日のわたしは生気のぬけた憐れな物体です。あなたの激情の生々しい痕が残っています。あなたの愛するこのお尻はあまりにも激しく鞭打たれ、前のようにきれいではありません。肌に容赦なく打ちおろされた残酷なおもちゃの痕が残っています。今日は巨大な「青痣」でしかなく、あの狂乱でわたしは昨日からずっと疲れきっています。

でも、こんなにも愛しているのです。これほど幸福なのは、わたしに抱かれて本物の陶酔を味わってもらえたのがわかったからです。勝利の悦びに溢れた輝く目で見つめられ、かぎりなく優しく深い口づけを受け、あなたに抱かれた痛みを忘れました。

昨日のわたしは意のままになる柔順な奴隷だったとおっしゃってください。わたしを征服し、残忍な激情が癒され、猛り狂う肉欲がなだめられたとおっしゃってください。お気に召しましたか？

どれほど身も心も捧げているか証明したかったのです。わたしたちが、もはや何ものにも引き裂かれないと知っていただくためには、あの試練が必要だったのです。この愛を疑っていらしたなら、わたしが尻尾を巻いて逃げ出すと思っていらしたなら、どんなに愛しているか、もうおわかりになったでしょう。わたしはあなたの奴隷。悦んでもらうためならどんな苦痛にも耐えられると証明したのです。

今夜もまたそばに、そばに来てください！　このベッドは広すぎます。唇をゆだねてください。この口はあなたのキスに飢えている。猛り狂うこの肉欲はあなたに抱かれなければ鎮まらない。どこまでもなめらかな肌に密着する。そそられて、たまらなくなる。その肌に唇をおしあて、太腿に、ペニスに、お尻に激しく口づけしたい。

わたしにもあなたを堪能させて。触れただけで欲情が掻き立てられる。抱きしめ、密着する肌を感じ、あなたに酔い痴れ、唇を肥大させたら、狂ったように抱いて、好きなだけ欲情を引きのばし、硬くなった器官で縦横に突いてください。二人で官能に酔い痴れるのです。

シャルル、いとしい人、怖いのです。あなたがいとしすぎて、怖くなる時があります。あなたを失う不安にたえず苛まれます。あなたがそばにいないと、苦しいのです。

寝ても醒めてもあなたのからだとその愛撫を欲しています。いつ見ても魅力的でそそられ、欲情でいてもたってもいられなくなる。夢中です。

あなたに抱かれることだけが悦びで、たとえ痛みに苦しみ、乱暴にされ、ぼろぼろになっても、あなたに、小さな神様に捧げるのはつねに愛の叫びなのです。

全身をゆだねて。ペニスをゆだねてください、昨日のように、脈動を唇に感じたい。高まる歓喜に目をとじるあなたを見たい。そして、堪えきれずに精液が放たれる時、それを受けいれるのはわたしの貪欲な口。一滴も漏らさず飲みつくします。愛しています。

シャルル、わたしは正気を失っています。脳がおかしくなっているような気がします。あなたを愛しすぎているのです。虜になってしまったのです。

あなたの暴力に身をさらし、もっと苦しみたい。だってそれがあなたの欲求で、あなたにとっての情事だと知っているから。どれほど病的でも、その倒錯も激情も含めて、あなたを愛しています。

猛烈にあなたが欲しい。お尻とペニスが欲しくてたまらない。うちのめされています。明日を楽しみにしています。けっして別れないとおっしゃってください。その倒錯のかぎりを尽くしてわたしを愛すると言ってください。お手紙をいただけたら、それほど嬉しいことはありません!!!

いとしいシャルル、愛しています。

シモーヌ

わたしの可愛い人、

たった今、お手紙を拝受しました。望外の悦び、そして、どんなにわたしを嬉しがらせるお手紙でしょう！

やっと、始めの四か月のあなたに、出会った頃の魅力的な友、そのあとの甘美な愛人に戻ってくれました。幸福なひとときを与えられて嬉しくてなりません。この幸福ができるだけ長く続いてくれることを願うばかりです。だって、わたしたちの情事はすばらしいのですもの。そうでしょう？

もちろんよ、あなたが夢見る体験をいつか実現させてあげます。わたしは手足をベッドの四隅に縛られ、激しく鞭打たれます。ふりおろされる鞭にむせび泣き、哀願しても、わたしのからだを責めぬきたいあなたは手を緩めないでしょう。残忍な光を目に宿し、どうなってもおかしくない狂気に駆られ、血まみれの痕をつけたわたしのお尻を半狂乱で犯す。あなたにとって、なんと夢のような瞬間でしょう！　激情を癒し、あなたを執拗に悩ます欲望を満たし、激しく絡まり、猛々しくわたしを犯すのです。

毎晩そうするように、ゆうべもあなたのことを想いました。でも孤独な愛撫では、肉欲が満ち足りるほど完全には癒されません。いつもあなたの抱擁が恋しくて、それに代わるものなど何もないのです。だって、あまりにも巧みに抱いてくれるのですもの。その若い肌がお尻に触れただけで、たちまち甘美な陶酔に襲われるのですもの。

あなたのように抱いてさしあげたい。この腕のなかであなたのからだが痙攣するのを感じたい。悲しいかな！　わたしの力では、あの至高のセックスをしてあげられません。その場しのぎの手段に頼るほかありません。でも、本物に近い道具を見つけ、あなたが甘美なオルガズムに達するところを見たいのです。

いとしいあなた、もういちどあなたの舌と唇を太腿のあいだに感じたい。土曜にしてくれたように、蕾を吸ってほしい。あの愛撫の感触がまだ熱く残っています。あのようにオルガズムにのぼりつめるのは、このうえない快感で、あなたの最高のものを飲めて幸せでした。ペニスのピンク色の頭が、徐々に唇のあいだにもぐりこんでくる光景のなんと甘美で煽情的なことでしょう。もし、なりふりかまわず、わたしもマスターベーションをしていたら、二人同時にオルガズムにのぼりつめ、同一の官能の眩惑に果てていたでしょう。でも、もう力尽きていました。うちのめされていました。

ああ！　早くご旅行から戻って、また激しく愛し合いましょう。いまだに、あなたの口づけと愛撫に飽き足らず、あなたのセックスでしか完全に満たされることがないのです。でなければ、欲情がいやましに高まって、ますます虜になるばかりです。

さようなら、いとしい人。のちほどお目にかかります。あなたの口と目に接吻せずにはいられません。わたしの大事なシャルル、愛しています。わたしから離れて二度と悲しませないでください。

どうか、優しい言葉を聴かせてください。途方もない願望を洗いざらい話してください。わたしがすべてを捧げていること、どれほど倒錯的でもあなたの妄想にはどこまでもついていくことを、今はご存知ですね。

いとしいあなた、ここで筆をおきます。その腕のなかに身を寄せて、あなたの寝顔を見つめます。わたしの小さな神様。

すべてあなたに捧げます。

あなたをつよく愛する愛人より。

シモーヌ

火曜日

いとしい恋人、
心待ちにしていた長いお手紙をありがとうございます。妄想をつつみ隠さず書いてくださったおかげで、ようやく、わたしに抱かれて満足してもらえたと納得できました。どうして要求が高すぎるなどとおっしゃるのですか？　あなただって、そうではないかしら？　手紙を悦んでくださるなら、わたしもまた同じくらい悦んでいると思ってください。
そうです。約束を違えたことを許してください。とっておきの補助器具を持っていくと約束しましたが、ぎりぎりになって、まだためらっているのです。変態的で淫らな女だと思われるのが怖いのです！　そんな体験を――あなたと――したがるなんて、どうかしてしまったのでしょうか。
あなたに抱かれ、とても幸せです。ともに甘美な時を過ごし、あなたの愛撫の味を知ったこのからだは、もはや節度など受けいれられそうにありません。あなたとのセックスをどれほど欲しているか。

そのむき出しの肌に触れ、隅々を愛撫され、わたしへの切迫した欲情を目覚めさせる、それらすべてに狂おしくなります。ペニスが震えながらすこしずつ勃っていくのを見、それを貪欲な唇で捕らえ、わたしの愛撫がもたらす快楽の光をあなたの目に認めるのは、なんという陶酔でしょう。

それから別の愛撫、わたしに期待されている愛撫をしてさしあげます。それを待ち望んでいることは、もうわかっています。あなたの全身がこわばるのを這わせた舌で感じ、わたしの指が奥深く入った時の快楽の痙攣でオルガズム寸前だとわかったのです。わたしが女ではないと錯覚してほしくて、あいた腕であなたを引き寄せ、わななくそのお尻を抱えこみ、秘められた肉をせわしない指でまさぐりました。

お望みは、求めているのは、あそこなのですか？　わたしのものはお忘れになったの？　わたしを男に見立ててオルガズムを感じるなんて、そこまで倒錯していたのですか？

もちろんあなたが正しいのよ。あのように結ばれるのは驚くべき感覚で、それをひそかに望んだからといって責めたりはしません。わたしもあなたに同じ快楽を与えられるなら嬉しいし、あなたを征服するようで興奮します。

あなたに跨っている時には、狂ったように快感をおぼえるのです。真に迫って感じていただけるには、どうすればいいのでしょうか？　わたしのいたらなさを補って、オルガズムに到達してもらう手段はないでしょうか？　あれば、教えてください。導いてください。盲目的に従います。

そう、もう後戻りはできません。一日ごとに、さらなる背徳へはまりこんでいくのです。二人の倒錯ゆえに型破りなアイディアに導かれる。でも、誰に文句があるでしょう！　愛し合うことを受けいれた日、わたしたちは暗黙の契約を結んだのです。それを破棄できるものは何もありません。飽き足りてしまえば別だけれど、わたしたちはまだその段階に至っていないし、この先もすばらしい時間を体験するでしょう。

そうです。思う存分愛し合うには、何ものにも邪魔されずに抱擁できる密やかな巣が必要です。世間から隔絶し「わたしたち」だけになるのです。冬になったら、どこか探しましょうね？　だって、悲しいことに、あなたは長いご旅行に出発してしまうのですもの。三週間もお顔を見られず、愛し合えない。ああ、いとしい人、どんなに長いことでしょう。でもお戻りになって、またわたしを欲してくださるなら（「愛してくださるなら」とは言わないのですよ）、あなたの熱烈な愛撫を味わいたくてうずうずしているわたしに再会することになるでしょう。お尻を痛めつけたければ、恐れず惜しげなくさしだします。だって、鞭打ちの痛みを知ったから、もうさほど恐れてはいませんし、されるがままになるとどんなに悦んでもらえるかわかっているのですもの。

いとしい人、わたしはあなたの可愛い奴隷。そのように扱ってください。だけど、愛撫はいつも、わたしのためだけにとっておいて。

あなたの虜なのはご存知でしょう？　どうしようもないほど愛しているのご存知でしょう？

いとしい人、小さな神様、なんて優しい目なのでしょう。その唇もゆだねてください。どんなに荒々しくても、あなたに抱かれ愛撫に身を震わせることのなんという官能的な悦び。わたしの内部、このわななくお尻をペニスで激しく突かれ、あなたを感じること、それは今まで知らなかった、想像だにしなかった驚くべき快感です。

さあ、この快感をあなたにもさしあげます。今度はわたしが肛門を穿ってさしあげるから、快感に浸って射精してください。

愛しています。

のちほどお目にかかります。

あなたのシモーヌ

五時半

わたしの可愛い人

お約束した長い手紙をお送りします。

まずは金曜にいただいたお手紙へのお礼を言わなければなりません。四枚にもわたる情熱的なお手紙をありがとうございます。封を切った時の、そしてびっしり詰まった熱い言葉が目に入った時の悦びをどうお伝えしたらいいでしょう。手紙を欲しがったのはたしかですが、これほどの長さは期待していなかったのです。だって、バンドルにいらした時以来、あなたからの長いお手紙を読む機会がなくなっていましたから。

身を離した時は心がはりさける思いでした。だって、金曜は本当に近くにいられたのですもの！　いとしいあなたのからだが脈打ち、ペニスが硬くなっていくのを触れた指に感じました。あなたを我がものにできたら、どれほど激情に駆られたことか。あの刹那のように全身に震えがはしったのは初めてでした。これが最期のお別れかもしれないという、馬鹿げた考えがよぎりました。一瞬そんな考えが脳裡をよぎり、それで燃える唇であなたの唇を押さえつけ、狂ったように抱きしめたのです。

それから二日と二晩、いかれた頭と発情したからだが、辛抱づよく待ってくれるあなたのお帰りを激しく欲していました。

そして今、わたしは大好きな愛人の腕を出る。頭は朦朧とし力尽きて、その腕をぬけ出しても、からだはまだ燃える抱擁の思い出にわなないている。ああ！　たった今あなたと過ごした時間のなんとすばらしかったことでしょう。

ドアを閉めるのももどかしく、ひろげられた腕のなかに、愛と欲望に震える身をすくませる。唇を重ねられ、はてしない口づけにともに酔い痴れる。太腿のあいだにあなたの手がゆっくりすべりこみ、わたしは、気高い頭を早くももたげるペニスをまさぐる。あなたはお気に入りの小さな穴をさぐりあて指を割りこませ、一方わたしはペニスをこすり、片手を睾丸にのばして優しく愛撫する。唇は重ねたまま固く抱きしめ合ううち、徐々に欲望が高まり抑えきれなくなる。

さあ、早く……。一刻も無駄にできない。それに、一人寝の夜々にわたしを苛んだそのからだが欲しくてたまらない。

見て、わたしはもう裸で身を横たえて待っている。急いでこちらに来て。

いとしいあなたのからだが誘惑的で、白く輝く柔肌と、勃起したペニスに欲情を呼びさまされ、気が遠くなる。ペニスを口いっぱいにくわえる。悦びの呻きが唇から漏れる。やっとこの見事なペニスを我がものにできて、むさぼり吸う。それは唇のあいだで徐々に膨らみ、そり返ってくる。わたしは幸せ、だけど今度はへとへとになったこのからだを、あなたが味わう番。

ヴァギナにあなたの口が押しあてられる。蕾が唇で締めつけられ、狂おしく愛撫され歓喜にわななく。二人の肌が密着する。褐色の髪をしたあなたの頭が両脚のあいだにうずめられ、お腹がわたしのお腹につけられる。ペニスをくわえたまま、甘美で誘惑的なくすみ色の睾丸がわたしの唇のすぐそばに見える。してみたことのない愛撫を試しにいく。温かな肉の塊をそっと口で捕らえる。唇のあいだで睾丸が脈打ち震える。貪欲に口づけし、すっぽりくわえ唇をすぼめる。口のなかで小鳥のようにうち震えるそれが、すばらしく甘美。新しい愛撫に、あなたは全身を震わせのけぞらせる。あなたのからだがさらに重くのしかかり、固く一つに結ばれる。長い間、ひとときも身をほどかず狂ったようにしゃぶり合い、ひりつく熱烈な歓喜に息をはずませる。

わたしのシャルル、なんという愛を込めて舐めてくれるのでしょう。舌が悪魔の作業を続行するあいだ、二本の指で肛門を穿たれ、もう歓喜のほかは何も感じません。この狂態にあなたは官能の呻きを漏らし、わたしは口で睾丸をさらに締めつけ、ペニスを握りしめ、慈悲を乞う。どれくらい経ったあとで？　それは誰にもわからない。

わたしはもう力尽きて限界なのに、まだ飽き足らないあなたに、物凄い器官をヴァギナに突きたてられる。ほら、見て。あなたが欲しくてたまらない孤独の時は、こうするのです。ぴくつく肉に器官が出たり入ったりをくり返す。目の前で、自分で自分に挿入してみせる。お尻の穴にあなたの指が一本、そしてもう一本とすべりこみ、わたしは蕾をこすりながらあなたのお尻の穴の奥深くまで舌を挿入する。愛らしいお尻を熱烈に吸う。

これほどの狂態、これほど申し分のない背徳的放埓を夢想できますか？　あらゆる悦びを一体となって体験し、残忍な官能に呻く。夢のような愛撫に二人で理性を失っても、まだまだ終わりではありません。

あなたの肌を掻きむしるけれど限界です。あなたが完璧に操作する悪魔のセックスで、頭もヴァギナも空っぽにされてしまいました。今度は、いとしい人が最後の試練にたまらず身をのけぞらせるところを見たい。とうとう、いつもわたしをそうさせるように、一滴残さず果てるところを見たいのです。

あなたは指をこわばらせてペニスを握りしめる。「マスターベーションするよ」とかすれた声で言う。こちらにからだを向けてちょうだい。異常な愛撫をあまさず見たい。すばらしいその目が烈火のように輝く。一瞬、自分の愛人のからだに目を落とす。ペニスの中身を放出するところを探しているみたい。そのからだと永遠に結ばれるための聖なる洗礼を受ける用意はできています。その見事なペニスをしごいて。指で締めつけられ硬くなっていくペニスをもっと、もっとしごくのよ。このとっておきの光景を存分に目で堪能したい。あらゆる行為を逐一倒錯的なやり方でこなし、背徳の段階をのぼっていく。いつもわたしが唇かお尻の穴でほとばしらせていた精液を、今日はご自分で噴き出させるのです。

最初の一滴が男根の先に玉をなす。あなたが指に力を込める時、わたしはそのお尻に奮い立つ指を割りこませ、穴の奥深くまで肉をまさぐる。呻き、叫び、全身をうち震わせて我を忘れ、狂ったようにわたしの胸とお腹にあなたは果てる。望みどおりに精液が熱くふんだんにほとばしり、わたしは幸福に満たされて、手でからだじゅうに塗りたくる。ペニスを大好きな精液まみれにする。こんなにびしょ濡れにしてくれて、なんていとしいのでしょう！本当に幸せです。わたしは永遠にあなたのもの、いかが？

期待は裏切られませんでした。二人の望みどおりの熱狂が実現しました。精液まみれになれるほどあなたを悦ばせられ、求めてやまなかった興奮は永遠にからだから消えないでしょう。

あなたも満足なさっていますか？　わたしは期待はずれではありませんでしたか？　お望

みどおり、あなたを究極の快感へお連れできたでしょうか？

もっと奇抜な愛撫はあるでしょうか？　もっと倒錯的な情熱がありえるでしょうか？

もっと甘美な官能的悦びに到達することはできるでしょうか？

あなたのセックスの痕がまだ肌に残っています。巧みすぎる抱擁にうちのめされています。あのような性交をいったい誰に教わったのでしょう？

まだ口のなかに震える睾丸の感触が残っています。今日初めて知った感触です。唇のあいだで感じた可憐で、柔らかく、熱く、このうえなく甘美な感触！　あの愛撫で新たな歓喜をおぼえてもらえたでしょうか？

褐色の髪をしたあなたの頭を太腿のあいだで感じる恍惚を、どうお伝えしたらよいでしょう！　唇で愛液を一滴残らず吸いつくされてしまいました。だって、たたみかける快感の疼きにもかかわらず、巧みに吸われるあまり、その唇から膨らんだ蕾を引き離せないのですもの。悦んでもらえる愛撫があれば、愛を込めて惜しげなくしてさしあげます。だって、唇であなたの肌に触れることほど甘い感触はないのですから。

今夜はあなたのことを想うでしょう。二人の熱狂を頭のなか、そして夢のなかで追体験するでしょう。肌に感じた精液の熱い感触をまた味わいたい。忘れられない感触。そして、あの倒錯的な行為はわたしの記憶に永久に刻まれるでしょう。

これからは、あなたを想う時、見事なペニスをご自分で激しくしごく姿を目に浮かべるでしょう。その激しさに匹敵するのは、あの煽情的な光景を鑑賞するわたしの激情くらいのものです。

できれば明晩は、あなたの長いお手紙を読みたいものです。どんな感触だったのか早く知りたいし、悦ばせてあげられたのか、聞かせてほしいのです。

とても疲れているのはおわかりでしょう？　いいかげんに筆をおかなければ、もう一時になります。

では、明日の夜。

あなたを愛する情熱で、からだじゅうにキスをします。そしてわたしを嬉しがらせたければ、その器用な舌を膨らんだ蕾にあて、激しい快感に身悶えさせ、息たえだえにしてください。わたしは可憐な二つの睾丸を口にふくみ、真心込めてしゃぶります。そのあと、彼らの美しい姉、大好きなペニスのことも忘れません。

早くお手紙をください。愛しています。すべてをあなたに捧げます。

あなたの可愛い淫らなシモーヌ

1928

月曜日　真夜中

いとしい人、

今日はずいぶんつらくあたってしまいました。ごめんなさい。でも、今朝はオフィスに着いたら長い手紙が読めるとばかり思っていたので、ひどく滅入っていたのです。何もなかったばかりか、お昼のあなたは冷たくうわの空で、本当につらかったのです。

いとしい人、前回の逢引で落胆させたのでしょうか？　お望みの興奮をさしあげられなかったから？　秘めた欲望が十分に癒されず怒っていらしたの？　なんとか未知の快楽を実現させようと努めましたが、わたしの手段が乏しいばかりに、あなたが求めていた深い感動を与えられなかったようです。最大限の恍惚を感じてもらいたかったのに。

あのひとときがどんなだったか、思い出してください……。すっかり服を脱ぎきらないうちに、あなたはお尻に鞭をふりおろしてきました。鞭打たれ小刻みにわななくこのからだをすかさず唇で責められました。せわしなく這いまわる唇を、くすみ色の穴はむしろ悦んで迎え、わたしはもう狂ったように欲情していました。

硬くなったペニスも欲望にのけぞり、ピンク色の気高い頭部をもっと膨れあがらせようと、唇の愛撫をせがんできました。口のなかで甘美に脈打っていたけれど、二人が欲していたのは別のこと、もう何度も話に出たあのことをあなたは心底ためしたがっていらした……。

お尻をさしだされ、わたしは度を失っていました。今度はあなたが男根に犯される疑似体験をする、そんな途方もない夢を、あの瞬間、実現しようとしていました。わたしの手にした（悲しいかな、いたって平凡な）器具がたどる道を、一本指で拓いていく。あなたの秘められた肉が、迫りくる快楽の予感に震える。

あなたのお尻を割りひろげたところで、いったい何が起きたのでしょう。ひどく落胆させてしまったのではないかと、不安で気も狂いそうです。やめるように合図したのはあなたのほうです。あなたはわたしを犯すばかりになり、最後はわたしの口のなかで果てましたね。

可愛いシャルル、何があったのですか？ それとも、わたしの勘違いにすぎないのでしょうか？ はっきり真実を話してください。二人のあいだで嘘など無用なのに……。

わたしたちがなんの契約にも縛られず、ただお互いの快楽だけで結ばれているのは、ご存知でしょう。わたしの愛撫にもう魅力を感じないなら、飽きか嫌悪が来たなら、そうおっしゃってください。わたしの前で冷たくよそよそしくして悲しませないで。明日お電話で、お昼に会えるか、このままお別れするかおっしゃってください。

あなたのことを考えながら眠ろうと思います。お行儀よくしていられるかはお約束できません。

あなたの唇に唇を重ねるか、可愛いペニスを握ります。愛しています。いたるところにキスを送ります。では明日。

あなたのシモーヌ

金曜日　朝

いとしいシャルル、
今朝、郵便物に紛れていた昨日付の気送速達《プヌマティック》を見つけました。昨日の朝からわたしがどんな思いでいたか、どんなに恐ろしい一夜を過ごしたか。あなたからの返事がなく、二人の関係はすべて終わったと思いました。

でも、もう大丈夫。あなたの声を聴き、悦びに胸が高鳴りました。わたしの小さな神様、あなたが留まってくれるとわかったのですから。このうえなく甘美な現実に場所をゆずって、悪夢は霧散しました。

でも、本当につらかったのよ。だって、ここしばらくは夜お会いするたび憂鬱な顔をされて、この関係にうんざりしているのだと思ったのです。もう考えるのはよしましょう。よりよく愛せるように、あなたをもっとよく理解できるようになります。

そうはいっても、もうこれほど愛しているのに、さらに愛情が深められるのでしょうか。どれほどあなたが大切か、どれほど愛撫が恋しいか、昨日あらためてわかりました。早くあなたを熱烈に抱きしめ、からだの香りを吸い、身も心も虜にされたその愛撫に酔い痴れたくてうずうずしています。

いとしい人、あなたのそばで燃えるような時を過ごし、不安に泣きくれた悲しい時間をきれいさっぱり忘れたい。わたしに快楽を準備してちょうだい。もう何日もおあずけなのですもの。荒々しく痛めつけてちょうだい。からだが鞭を求めています。わたしを残忍な欲情のまま弄んだあと、あのすばらしいご褒美をくださるわね。


いとしいシャルル、最後のセックスから何日たつでしょう！　あなたのからだを求める狂おしい欲情、永遠にあなたを失う恐怖、再びあなたを抱けるはかりしれない悦びで、かつてなく熱っぽくその胸に飛びこむことになるでしょう。わたしの心を掻き乱すそのからだじゅうに激しく口づけするでしょう。震えるペニスを唇で捕らえ、愛撫であなたの最高のものをほとばしらせるでしょう。

でも、とりわけあなたを野蛮に貫きたい。あなたが堪えきれずわななくのを感じたい。お尻をゆだねてちょうだい。舌と指で秘められた道を拓き、わたしの勇み立つ「器官」が分け入ってあなたを征服し、あの夢のような快感を与えるから。わたしと同じくらい、強烈にそれを求めているのはわかっているのです。

お望みならいつでもあなたに痛めつけられる用意はできています。だって、つらくあたったお仕置きをされるでしょうから。打って、打って、報復してちょうだい。わたしはすべてあなたのもの。あなたに抱かれれば、それで幸せ。だってあなたに夢中なのですもの。

お電話を待っています。今夜はあなたのところへ行ってもいいでしょうか？　早くお会いして、そのいとしい唇から許しの言葉を聴きたいのです。

さようなら、いとしい人。あなたの太腿のあいだに身をひそめ、可愛いペニスに激しく口づけします。いとしいシャルル、その口と目にもキスさせてちょうだい。愛しています。わかっていらっしゃる？　いつまでも一緒にいたい。では、今夜お目にかかります。

あなたのシモーヌ

水曜日

わたしのいとしい愛人、
昨日あなたに抱かれて過ごした時間のなんとすばらしかったことでしょう！　あの恍惚のひとときは肉体と魂にずっと刻みつけられるでしょう。

本当に幸せでした。あなたの欲情が高まっていくのがわかりました。わたしを魅了し心を乱す、あの不思議な光をたたえた目。わたしの両手を縛った時の勝ち誇った様子……。

わたしは息もたえだえで、渾身の愛をこめて試練を待っていました。がっかりさせたくありませんでした。巧くできたでしょうか？　鞭で責められ苦しんだけれど、傷だらけのお尻を唇で愛撫してもらえたではありませんか？

いとしい人、あれほど強烈なひとときがあるでしょうか？　そうは思えません。二人がともに味わう恍惚は、とうてい忘れられないものではないでしょうか？

逢引のたびに互いの異常性に惹かれ合う。セックスのたび、どんどん離れられなくなる。

つねに変わらぬ欲望でお互いの腕に夢中で飛びこむ。この無上の悦びがまだまだ続きますように！　決して引き裂かれませんようように！　そうなったら、あまりにもつらいから。

大切なわたしの愛人、わたしはすべてあなたのもの。

だから、あなたから愛想を尽かされる、そんな悲しい日のことは考えたくありません。愛しているとおっしゃって、シャルル。わたしに抱かれて満足だとおっしゃってちょうだい。心を落ち着かせるため、はっきりそうおっしゃってほしいのです。

全身に激しくキスをします。

シモーヌ

大好きなあなた、

ゆうべ帰りがけに思いがけず気送速達《プヌマティック》を受けとり、感激しました。二倍の悦びでした。返信がいただけたうえ、望んだとおりの内容だったのですもの。大好きです。

今回のわたしの手紙がお気に召して嬉しく思います。わたしの情熱家さんの好みはお見通しなのです。こんな感じでしょうか？

わたしもありえないセックスをしたい。二人の肉体から最大限の快感を引き出し、永久にお互いを忘れられないようにしたい。

そう、前々回の逢引で、あの新しいセックスをなさりたがっているのは気づきましたし、温かく硬いペニスを濡れた陰唇に優しくそっと挿入され、どんなに興奮したかは言いました。ヴァギナに挿入されるのはこのうえなく甘美でした。もっともな理由から拒絶していたこのセックスへの欲望が目覚めさせられました。次の逢引では、あのように抱いてくださっていいのです。

ただし凡庸さの埋めあわせとして、何を期待されているかはご存知ですね。このお尻に、あなたがあの疲れ知らずの器官を突きたてるのです。巧みな指にあやつられた器官は、肉の内奥で地獄の輪舞をくりひろげ、奇跡を起こすでしょう。そして甘美な興奮で気を失いかけたわたしを、今度はあなたが貫くのです。美しいペニスでわたしを貫き、激情と優しさのたけを込めて熱烈に突けば、わたしは歓喜にうち震え、まるで初めてわたしを抱いた気がするでしょう。

こうして、わたしたちの情事にみずみずしい悦びが加わります。二人に余力があれば、荒っぽく残酷にしてほしい。容赦なく鞭打ち、肌に赤い縞をつけてほしい。恥じらいのないお尻をゆだねるから、激情にまかせて痛めつけるのです。

そして、残忍な欲望が鎮まったら、あなたの燃える唇を求めて火照るこのからだに口づけしてください。ああ、愛する人、二人の欲望が導いてくれるなんという官能の悦び！　あなた同様、わたしも早く堪能したい。

そう、わたしを夢中にさせる情婦《あなた》、わたしは男の愛人となって、この情熱で深い悦びをもたらしたい。なめらかな肌をゆだねてちょうだい。優しく口づけしたい。ペニスを吸い、お尻にむしゃぶりつき、わたしの勇み立つ器官を挿入し、容赦なく貫きたい。

お尻の穴をさしだして、貫かせて。じれるその手でご自分のお尻の割れ目をひらいてちょうだい。わたしの舌が秘められた道を拓いていくのがわかるでしょう。できるかぎり奥深く入りこむ。この腕のなかで力尽きさせることになる挿入の予感を味わわせてあげる。さあ、そのお尻に下腹を押しつけるから、しっかり迎えて。入口にたたずむ巨大な頭部を感じる？割れ目いっぱいに上下させる。腰を振って力いっぱい肛門を穿ってあげる。いい？　おっしゃってちょうだい。

目の前でマスターベーションしてほしい？　それなら見て。目いっぱいひろげた脚のあいだで往復するわたしの指を見て。甘美な愛撫に張りつめる蕾に指が触れる。歓喜に震える下腹に、まもなくあなたは唇をあて、蕾からふんだんに溢れるリキュールを吸いとってくれる。でも、このような行為はわたしとだけにしてほしい。あなたの手に握られて、ペニスのピンク色の先端が膨らんでいくのを見たい。わたしにも、あなたがマスターベーションをする煽情的な光景を見せてほしい。そして一緒に同じ恍惚に襲われて果てましょう。

描写するうち文字どおり狂おしくなってきます。どんなに愛しているか、もっと証明したい。わたしはどうしようもなく異常だし、あなたとの倒錯的なセックスを極める欲望を巧みに目覚めさせられました。

次の逢引で十分快楽が味わえるかしら？　でも、いつも慌しすぎるから、もっと時間が必要です。

あなたとのセックスを考えただけで全身がわななきます。現実にあなたに抱かれたらいったいどうなることか？

さようなら、いとしい人。甘美で誘惑的なそのからだの隅々に熱いキスを送ります。まもなく、もっと巧みに口づけできるのを楽しみにしつつ、その唇に深く口づけします。

それまではお行儀よくして、わたしを悦ばせる力を蓄えておいてください。前回の甘美な愛撫の思い出をとどめているヴァギナで、再びペニスの甘い挿入を受けいれたくてうずうずしています。

あなたもお望みですか？　わたしたちの取り決めを破棄することになりますね？　仕方ありません。あなたを愛しすぎているのですもの。でもあなたの倒錯によって、すぐ禁断の道へ連れ戻されるでしょう。大切なあなたに、心を込めてキスします（*1）。

シモーヌ

（*1）この手紙は二人の関係の重要な転換点となっている。出会いから約半年を経て、愛し合う二人はジェンダーを逆転させ、それが行為のみならず言葉にも表れている。

これまで、シモーヌはパートナーの妄想と粗暴な欲望を甘受する柔順な愛人であり、打擲に身を任せるだけでなく、以前はかたくなに拒んでいた「凡庸な性交」も許容し、むしろそれを味得し再発見している。

だが、一方、シャルルが肛門性交の味を覚えたことに、シモーヌはますます確信を深めているが、このことはただでさえ大胆になっていく彼女には、性的に優位にふるまう契機となっている。

彼女は手紙のなかで、自分が「柔順な奴隷」で、さらに激しい打擲にも耐え忍ぶ用意ができていると宣言してはいるが、彼に「わたしを夢中にさせる情婦《あなた》、わたしは男の愛人となる」とも書いている。これを提案するのでも、伺いを立てるのでもなく、言い渡しているのである。いまやシモーヌはこれまで以上に彼に熱をあげているが、情事の主導権をも握っている。

彼女がシャルルから飽きられる恐れをつのらせているのもまた事実で、だからこそ愛人の秘められた欲望を満たし、なにより自分にひきつけておくため、自ら主導権を握る必要があったのだろう。

十二月十四日

いとしい人、
今日が記念日だったのをご存知ですか？
そう、わたしたちが知り合って半年です。ようやく初めて言葉を交わした日から半年。お互いそれを熱望していました。

憶えていますか？　バスで向かい合わせになったこと、ひそかな一瞥、二人が交わした期待に満ちた視線を憶えていますか？　あなたはたまらなく感じが良かったのよ、シャルル。あの時はとても内気そうでした。バスを降りるまで、励ますように目を見つめて楽しんだものです。
そしてある日、だしぬけに話しかけられ、わたしは胸を高鳴らせて答えました。そこに生まれたわたしたちの美しい物語は、半年たっても色褪せることがありません。

いとしい人、今日はそばにいたかった。その倒錯的な口づけと心掻き乱す愛撫に酔い痴れたかったのに。前回の逢引の思い出に夜ごと悩まされています。わたしの心を掻き乱すあの狂おしいひとときを再び味わいたい。

けれども、お会いできるまであと一週間も待たなければなりません。

さあ、可愛い人、あなたが裸で横たわってお尻をさしだしているベッドに、大急ぎで服を脱いで合流するわ。暗い割れ目に、奮い立つ舌を這わさせて。舐める端からくすんだ色の肉がゆるみ、舌が穴に入ってまさぐり、しゃぶる一方、手は睾丸と勃ったペニスを優しく愛撫する。一秒も無駄にしないため、煽情的な光景に膨らんだ蕾も愛撫する。快感は倍になり、ヴァギナから溢れるリキュールであなたのお尻を濡らす。

ほら、今度はあなたが舌をそこ、この唇に押しこんで……。あなたの幸せな愛人にとどめを刺すのです。巧みな口づけで快感に気絶させて。負け知らずのペニスがまもなく挑んでくる激戦に備えさせて。

敵はすでに戦闘態勢。奮い立つピンク色のペニスの頭がわたしの下腹を睥睨する。口の上に不穏に張りだし、やがて喉の奥へ潜りこむ。舌で打たれ、わずかに精液が先端に玉をなしても、いとしいペニスが思うさま放出したがっているのはほかでもない、ヴァギナのなか。

あなたに「別のペニス」を猛然とお尻に突きたてられる。割れ目を往復するさまを見てちょうだい。同じ運動を、まもなくペニスがわたしのヴァギナで実行する。もう唇が歓喜に濡れている。抱いて、狂ったように貫いて。奥までしっかり入ってほしい。突いて、突いて、突きながら、たゆまぬ手で別のペニスをあやつってお尻のなかで踊らせて。

なんという狂乱、からだを駆け巡るなんという官能の戦慄！　倒錯的な快楽に全身を震わせ、二重の交合で途方もないオルガズムにのぼりつめる。

いとしいあなた、これが半年を経てわたしたちが次回味わう放恣のひとときです。わたしたちは理解し合うためにできているのではないかしら？　二人の悦びはまだ尽きないと思いませんか？

願望を実現する次の土曜を心待ちにしています。その腕のなかに身を寄せて、温かい肌に触れるのが待ち遠しい。

お望みのところ全部に狂おしいキスを送ります。

あなたのシモーヌ

# 1929

一九二九年

いとしい人、
ゆうべのようなお手紙をなぜもっと書いてくださらないのですか？　どんなに嬉しく読み返し、幸福と欲望で胸を高鳴らせたことか……。

愛しています。狂ったように夢中で愛し、真心で愛し、このからだと激しい肉欲で愛しています。そばにいても離れていてもあなたを欲してやみません。

あなたを抱き、あなたのからだの陶然とする香りを吸い込むと、この幸福を抱きしめて永遠に手放さずにいたくなります。唇で愛撫されながら、あなたに吹き込まれたこの情熱がさらに高まるのを感じます。

ああ、大好きな愛人、変わらないで。そのままのあなたでいて……。あなたの倒錯はわたしの倒錯ではありませんか？　あなたの激情はわたしのそれになったではありませんか？

あなたはご自分そっくりにわたしを創造し（*1）、わたしはあなたを引きとめるために倒錯的で官能的な愛撫を考えだし、あなたを引きいれました。分かちがたく結ばれているのです……。

わたしたちはもはや官能の悦びと倒錯にとり憑かれた一箇の肉体でしかなく、わたしたちの「愛」を凌駕する「力」ででもなければ引き裂かれませんん。一つに結ばれていましょう。固く身を寄せ合いましょう。この幸せは望むかぎり続くでしょう。

わたしも次の逢引を心待ちにしています。心を込めた長い口づけのあと、二人を覆う服が一枚一枚すべり落ちるでしょう。二人とも裸になって、情熱の波に衝き動かされるまま熱をもった肌が触れ、甘美な戦慄がはしるでしょう。あなたが腕をひろげて迎えてくれるこの時ほど、甘い瞬間があるでしょうか？

立ったまま身を寄せ、肌を重ねる。もう硬くなったペニスが、ヴァギナの入口にそそり立ち、ピンク色の頭で撫でてくる。わたしはそれを握り、あなたは蕾に手をのばし優しく愛撫する……。唇を重ね、口づけに酔い痴れながら、舌であなたの舌をさぐる……。ああ、早く、早く来て。時が過ぎていく……。全体重をかけてのしかかって……。

そして狂騒が始まる。発情した官能の狂騒……。今日は新たなステージへのぼるのです。まだ試したことのない行為を敢行するのです。わたしは仰向けになって裸のあなたを眺める。目の前で肌が白く艶めく。なんて美しいの、わたしの小さな神様……。

ペニスをご自分で握ってちょうだい。見ているから……。わたしも別のペニスを握りヴァギナに入れ、あなたの目の前で自分を悦ばせる。わたしのためにマスターベーションしてちょうだい。ペニスが愛撫で張りつめている。こわばった指のあいだからピンク色の頭がのぞく。わたしは片手で自分に挿入しながら、もう一方の手であなたのお尻を愛撫する。指を突きこむと秘められた肉が緊張する。

なんて光景でしょう！　向かい合ってマスターベーションをして見せる……。なんて美しいペニス！　まもなく重荷を放出できる！

あなたの目が曇って、快感が迫る。愛液に濡れた器官をヴァギナから抜き、あなたの錯乱したお尻の穴に突き立てる。犯されたあなたは堪えきれずに、官能に痺れるわたしの上に半狂乱で果てる。なめらかな下腹に温かいものが流れる。全身に狂おしく射精される。

一滴残さず精液を出しきってほしい。すべてを浴び、陶然とするぬくもりをからだの隅々で感じたいから、胸にお腹に、手で塗りたくる。この倒錯的な行為で、わたしはかつてなくあなたのものになります。わたしたち以外、誰にこんな行為ができるでしょう？

わたしも半狂乱で果てるから、ヴァギナのリキュールがその唇に流れるでしょう。温かい愛液を口で受けてちょうだい。その苦い味は、あなたの唇で味わわせてもらう……。

狂乱のあと二人に余力があれば、またヴァギナをペニスでまさぐられたいから、優しく抱いてください。あまりに甘美な優しさを込めてしてくれるから、この愛撫への欲望がよみがえらされました。いまやわたしたちの「情事」として聖性を帯び、解禁されたのです。あまりに多くの倒錯的行為をともなわせ、このセックスそのものも倒錯的になりました。

ああ、早く、あなたの大胆なセックスをおあずけにする、月のものが明けてほしい。情熱的で粗暴なあなたを見いだし、この腕に抱いて口づけで酔わせたくてたまらない。

そう、あなたの言ったとおり、そのからだがわたしのものだと今は思えて幸せです。世界中の誰よりあなたがいとしいから、無我夢中で貫きたい。

お尻の穴をゆだねてちょうだい。熱烈に口づけし、わたしの勝ち誇ったペニスで穿ちたい。見事なペニスをゆだねてちょうだい。陶然と吸い、唇のあいだで膨らんでいくのを感じたい。愛液がみなぎり、堪えきれなくなったらこの口のなかで果てて。全部飲みつくすから……。

そう、わたしの愛撫であなたが極限状態になるまで快感にのけぞらせたい。あなたはもう、わたしのものでしょう?

再び精液でわたしを濡らしてくれたなら、さらにわたしのものになるのです。このからだの隅々で至上のリキュールを味わいます。あなたはこの特異なひとときを思い返すことになるでしょう。そそり立つペニスから温かいしぶきを浴びせられ、あなたの愛人が歓喜の絶頂に身悶えし、官能に喘ぐところを。

ああ、そうよ、わたしのもの、わたしだけのものでいてちょうだい、わたしの崇拝する神様。酔い心地にさせてくれた言葉をまた聴かせてください。あなたには別の女性がいることに執着させる嫉妬の低級な苦しみから、わたしを遠ざけてください。

わたしの愛撫のほうが好みだとおっしゃって。あのひとに抱かれる時はひたすら受け身で、あなたの激しい欲求を満たす官能の悦びを与えられるのはわたしだけだとおっしゃってください。もっと熱狂的に愛したい……。

もう正午をすぎました。惜しみつつ筆をおきます。では月曜の夜を楽しみにしています。昨日のような長いお手紙をください。

大好きなそのからだのいたるところに、すばらしい唇と目に、キスを送ります。すべてをあなたに捧げます。

シモーヌ

（*1）これまでにもシャルルを小さな神と称していたシモーヌだが、ここに来て聖書の表現すら援用する。彼女が感じる快楽を詳述する態度は、いまや冒瀆すれすれの域に達している。

同封の絵に添えて

巧みに揉まれ
張りつめた
艶めく頭部がお尻にせまり
かすかに肌に触れてくる

触れられたとたん
ひらく穴
そしてひと息に貫かれ
猛然と責められるままとなる

歓喜に震えるお尻の奥に
燃えるペニスを感じつつ
倒錯的に身をからめ合い
あなたはぶちまけ、わたしは果てる

ペニスから
堰《せき》を切ったようにほとばしらせて
息たえだえに頽《くずお》れる
わたしの痺れたからだの上に

このお尻を
もっと穿って、いとしい人
そしていつまでも悦ばせて
うちのめされるようなその抱擁で

もういちど奮い立ってほしいから
あられもなく
マスターベーションをして見せたあと
あなたの口で果てるでしょう

一九二九年三月
月曜日　十一時

優しい恋人、

やっとのことで今日の外出をまぬがれました。わたしは金庫番というわけで、どうして留守番にこだわるのか誰にもわかっていません。野外活動はあの人たちに任せましょう……。わたしのシャルル、早くあなたへの思いのたけを綴りたくて、じりじりしていました。目の前にあなたの小さな写真があります。輝く眼がこちらを思慮深く見つめ、愛らしい口はからかいの微笑みを抑えているようです。遠くにいる小さな神様、どんなに恋しいか。熱烈な愛を捧げ、どんなに崇拝していることか。

お顔も見ず、手紙も読まず、その魅力的な声も聴かず、もう二日、永遠に思われる二日間でした。愛するあなたから遠く離れ、どんなに悲しいか。また愛撫し、口づけされるまでの時間を指折り数えて待っています！

悲しいかな、お戻りになるまで、あなたをこの胸に抱けるまで、まだ一週間もあります。

夢のようなセックスを堪能できるまで、さらに幾日待つのでしょう？　ともかくそばにはいられるのだから、精一杯我慢するつもりです。

けれども、離れていては欲望がつのる一方です。あらゆる愛撫の記憶がどっとよみがえり、癒されるあてもなく心を掻き乱されています。あなたの腕を離れ、欲望をそそる愛してやまないそのからだから遠く離れて、幸せにはなれません。たまらなくいとしいのに、それが証明できず、悲しくてなりません。

一糸まとわぬあなたの姿を目に浮かべます。仰向けに横たわり太腿を浮かせ、あらわになった小さな茶色い穴が、わたしの熱烈な接吻を待っている。硬くなったペニスがわたしの熱い唇に触れてわななくけれど、愛撫はしない。いいえ、わたしが欲しいのはそのお尻、引き締まった美しいお尻です。じれる舌をさし込み、貪欲な口をおしあてたい……。ほら、感じて、感じて。ああ！　優しい恋人。ゆだねられたからだを吸うなんという恍惚。巧みな口づけで、いとしい人が歓喜にわななく光景のなんと煽情的なことでしょう。

あなたから遠く離れ、こんなことを考えています。このようなことを欲し、あなたの不在に苦しんでいます。ああ！　一緒にいられたらどんなに幸せか！　あの晩、どうして連れ去ってくださらなかったのですか？　どうして、たとえ二日間だけでも、忘却へ、水入らずの幸福へ、手に手をとって出発しなかったのでしょう？　ああ！　ロット（*1）、すべてを忘れ、一晩中あなたを独占できたなら……。なんて途方もない夢でしょう！　早く戻ってきてください。わたしたちに自由になる時間は、いつも一時間しかないのですもの……。かつてなく、いとしいそのからだが必要なのです。抱擁と狂おしい口づけが欲しい。わたしをうちのめし、官能の深淵に沈める、荒々しい征服を求めているのです！　あなたもサディスティックなセックスをお望みですか？　わたしと背徳を味わいたいですか？　忘れられない快感をおぼえてもらったことがありますか？　わたしに満足していますか？　教えてください……。

明日は長いお手紙がいただけるでしょうか？　待ち遠しくてなりません。今日は一日が永遠のように感じられるでしょう！　どんなふうに書いてくださるかしら？　優しさを込めて？　それとも妄想をたくましくして？　このからだへの欲情は、どんな言葉で煽られるのかしら？　半年前、バンドルの小さな部屋から書き送ってくださったような甘美なお手紙を、明日は読めるでしょうか？

大切な人、あなたの情熱が醒めていないか不安です。いまや二人はほとんど古馴染みの愛人ではありませんか！　十か月といえば相当なものです。あなたの欲望はまだ強烈ですか？　わたしに飽きてはいませんか？

だめよ、可愛いロット、飽きないでちょうだい……。わたしたちはまだ力をつかいはたしていないし、お戻りになったら、狂ったように愛し合い、わたしの口づけで淫蕩と背徳への欲望がよみがえるでしょう。

今日の手紙で最後になります。でも、あなたはナントへ出発する木曜まではお手紙を書いてくださいますね。しばらくは毎晩気が滅入るでしょう。一人ぼっちで帰宅するでしょう。それに再会できても一緒にいられるのは数日だけ。また四か月も留守にされるのですね……。

さようなら、いとしい人。お行儀よくいらしてね。そしてわたしのことを想ってください……。そちらもいいお天気でありますよう、弟さん、ご家族の皆様がお元気でありますように。あなたをきつく抱きしめ、いとしい唇に思いのたけを込めて長い口づけをします。

あなたを崇め、ひたすらお帰りを待ちわびています……。

あなたの両手に熱いキスを送ります。

あなたのシモーヌ

（*1）おそらくシャルルの女性名シャルロットの愛称だろう。

いとしい人、

甘美なお手紙にまだどきどきしています！　昨日から情熱的な言葉を飽かず読み返しているというのに。心のままに書き綴ってくれる時のあなたが好きです。

二人の初めてのセックスを、あなた同様、憶えているかですって？　あのような思い出が忘れられるとお思いですか？

シャルル、あなたのおかげで官能の悦びを知ったあの朝を、どうして忘れられるでしょう？　あの場面がいまだにありありと目に浮かび、思い出すたび幸福感に身を震わさずにはいられません。おずおずしたしぐさ、言葉、ぎこちない最初の愛撫、初めての抱擁……。すべて深く刻みこまれています。

でもあの時は、なんとわたしたちらしくなかったことか！　二人とも猛々しい愛撫の一歩手前にいるのを感じながら、どんなにためらっていたことか。

ええ、よく憶えています。真っ暗な部屋が、互いの気まずさを紛らしてくれました。ふんわりした大きなベッドで裸のからだを求め合い、ぎくしゃくと気だるい四肢を絡めながら、初めての逢引での漠とした失望の記憶が（憶えているでしょう、あの、ほとんど失敗に終わったセックス!)、あらためて結ばれる試みをためらわせていました。

でも、その時あなたは攻勢に出て、荒々しい欲望でその目に未知の炎がともりました。ゆだねたこのからだを猛々しく犯すばかりになっていた、あの朝のあなたのなんと美しかったことか! いきなり押し倒され、赤くなるほど平手でお尻を張られ、大胆さに虚を衝かれる間もなく、勃起した硬いペニスをお尻の穴に突き立てられ、秘めた肉の隘路を蹂躙されました。やがて抱き合ったまま力尽きて頽《くずお》れ、とうとうわたしたちがお互いにふさわしいパートナーだとわかったのでした。共通の異常さを持ち、はかりしれない官能の悦びを得たのですから。


愛人になってもうすぐ一年になりますが、あの幸福な日以来、あなたに抱かれるたび忘れられない強烈な快感を体験します。そして愛は日々つのる一方で、これからもあなたが望むかぎり熱烈な不変の愛を捧げるでしょう。抱かれている時はひたすらあなたの意のままになり、その内奥に迫って官能の悦びを湧きださせたいという一念しかありません。

毎回さらに狂おしいセックスで、あなたを一時間わたしのオブジェにし、逃げられなくし、この腕を抜け出す時には精根尽きはて、その日は「あのひと」に尽くせないようにしたい。

そうよ、これがわたしの愛し方、共有を強いられた者の偏狭な愛です。だから、あなたを抱いて激しい快感に悶えさせ、その日はあなたのエキスを一滴たりともこのヴァギナのほかへはやりません。そして、そばにいる時はいつも、二人とも力尽きるところまでいきたいのです。だって、そんな疲労困憊の幸福感を知っているのですから。

次の月曜もそうなるでしょう。あなた好みの倒錯的な興奮をさしあげます。倒錯のかぎりを尽くし恍惚の頂上へお連れします。大好きなそのからだの秘宝を惜しげなくゆだねてください。

自分の情婦の美しさに酔う情熱的な男のように、わたしは跪いて口づけし、自分が欲することすべてをしてさしあげます。かぎりない優しさでつつみこみ、硬く引き締まった熱い肌に酔い痴れ、痺れるような淫らな愛撫でまどろませ、わたしの雄々しい器官で貫いて目覚めさせます。その目覚めは、突如猛り狂う嵐のような歓喜の炸裂となるでしょう。

その可愛いお尻の奥に疼痛、次いで快感をおぼえるのです。あなたを渾身の力でうちのめし、息を切らすわたしの上に、あなたは幸福に身も世もなく頽《くずお》れるでしょう。

そう、大好きな人、いつかあなたにされたように、わたしはそのすばらしいからだを陵辱するのです。この陵辱の痛みを免じてあげるため、深々とした口づけで、人間離れした器官のとおる道を拓きます。器用で柔らかな舌を小さな穴にそっとすべりこませ、温かい肉をまさぐり、こよなく愛するお尻を吸います。じっくりと口で捕らえ虜にし、無抵抗になったら、淫らで可愛いシモーヌ、好色であなたに夢中な愛人がその錯乱した肉を、あなたのときめく肉に押しこむのです。

発情した彼女の肉欲が猛り狂うただなかで、あなたは彼女の「情婦」、彼女はあなたの「情夫」となる。二つの欲望が渾然となるのです。

あなたは屈強な雄に陵辱されるのを夢見ていらした。わたしのほうは、優しく卑猥な情婦を夢想していました。二人の常軌を逸した愛が奇跡を起こす。激情にまかせ自在に性別を変え、二倍の快楽を得るのです。


ああ、シャルル、二人を出会わせてくれた運命にどれほど感謝しているか！　あなたの強引さとわたしの弱さにどれほど感謝しているか！　あなたに迫られた時、逃げ出すところだったなんて。道を踏みはずさないよう（そう、あの時わたしはこんな言葉をつかいました）自分のなかで十分に抵抗したでしょうか？　でも、わたしたちは出会う運命だったのです。わたしがこんなに熱烈な愛人になると見抜いていましたか？　こんなに倒錯的だと予想していましたか？　ああ、愛しています。こんなに狂おしく愛しているのです。

ええ、わたしの小さな神様。愛撫だけでわたしを陶酔させてしまう方。ご存知でしょう？　情熱的にヴァギナを吸われ、わたしが喉から漏らした幸福の喘ぎを憶えていらっしゃらないの？　それならまた、してくださればよいのです。

巧みな愛撫で、死ぬほどの快感に悶えることになるでしょう。そうよ、可愛い人、わたしを吸って、吸ってちょうだい。そんなに巧みにできるのですもの。苦い愛液を一滴残らず吸いつくし、硬いペニスをヴァギナにさしこむのです。動かないで、そこにとどめ、横溢するリキュールに浸されたら、わたしが狂ったように舐めますから。あなたの性器で自分の愛液を味わうのです。

そのあと、何をしたらよいかわからなくなれば、そう、ペニスに乳房の襟巻きをしてあげてもいいし、貪欲な口ですっぽりくわえてもいい。こんなおふざけに興じても、このわななくヴァギナを貫かれ、あなたを胸に固く抱きしめたくなるかもしれません。

ああ、愛する人、身も心も惜しげなく捧げ、あなたのものとなる。その官能的なからだにぴったりと身を重ね、あなたの愛撫で深い官能の淵に沈みこむ。なんと甘美な夢でしょう！

そう、どんな軽はずみなことでもしてしまえるほど、愛しています。求められたらすべてを捧げてしまうほど、愛しています。別のやり方でこのからだを征服なさりたいなら、ペニスをもっと心地よい巣に憩わせたいなら、そして、かつて忌避した凡庸なセックスを今は味わいたいというなら、何も拒めません。このようにわたしのすべてを捧げたら、悦んでいただけますか？　これまで閉ざしてきたこの扉を開けてほしい？　わたしを完全に、凡庸に、征服なさりたい？　さらなる悦びを見出していただけるのなら、わたしもそうしたいのです。月曜はまた二人きりになれるでしょう。持てるかぎりの手段で激しく愛し合いましょう。わたしはすべてあなたのもの。あなたの可愛い奴隷です。お気に召すまま抱いてください。さようなら、いとしい人。では、明日。大好きなそのからだのいたるところに激しく口づけし、その腕のなかに身をすくめ、甘美な愛撫の優しさを堪能します。すべてを捧げます（*1）。

あなたのシモーヌ

（*1）ここにシモーヌの人柄の貴重な一面が垣間見られる。

これまで読者は、彼女には躊躇も道徳観念も欠如していると想像されていたかもしれない。ところが、自らの欲情を憚りなく表現するまでには葛藤があったことがわかる。「補助具」の使用に言及している先の手紙でも、彼女はシャルルから変態視される危惧を吐露していた。また、批判的距離をとりながら（「そう、あの時わたしはこんな言葉をつかいました」）、「道を踏みはずす」といった当時の上流階級の女性ならではの言葉を用いている。

しかし、それにもかかわらず、彼女は自身の女性同性愛の性向について告白している。つまり、シモーヌに障壁がないわけではないが、それをおおいに楽しみながら破壊していると言える。

可愛いロットちゃん、

ゆうべ強烈にあなたを夢に見ました。なぜかしら？　今週はあなたを抱き締められなかった心残りから？　二日間お顔を見られなかった悲しみのせい？　わかりません。

けれども、どんなに甘い夢も生きた現実にはかないません。前回の逢引はけっして忘れないでしょう。あなたのなかに、長年夢に見た熱っぽい「情婦」を見出しました。だって可愛いロット、白状すると、それもまたわたしの異常な願望なのですもの。

あなたのなかには二人の人物、夢のような「情夫」と神々しいばかりの「情婦」がいました。前回の逢引を思い出すと、たまらなく幸せになります。

熱烈に口づけした肌は柔らかく、倒錯的な快楽を求め、のぼせあがったからだが、わたしの下腹にすべりこんできました。あなたのからだをおさえつけ、小刻みに震えるお尻に跨りました。二人ともなんという熱狂にとり憑かれていたことか！　わたしは情熱的な「情夫」、そしてあなた、可愛いロットはこれ以上望むべくもない淫らな「情婦」に変貌していました。

勇猛なペニスを求め、わたしの器官にお尻をさしだすあなた。官能に身をよじり、巧みに腰を振って、わたしの動きに応えてくれました。狂ったように突くと、積極的に迎え入れてくれましたね。あの時、わたしが女であなたが男なのか、本当にわからなくなりました。妄想のなかで役は逆転し、わたしは誰よりも可愛い情婦を抱いていたのです。

ああ、シャルル、またあの愛撫を味わいたくはありませんか？　あの狂気にまた酔い痴れたくはありませんか？　二人の逢引のなかでも、とりわけ特別なあのひとときを熱く思い出しませんか？　あの日のように、疲れ知らずの情婦の姿をまた見せてはくださらない？　そうよ、ロット、いつもあんなふうにあなたを愛したいのです。

わたしたちにまだ欠けている、とびきりの補助具をつかってみたい。巨大なペニスを下腹に装着してあなたを抱きたい。お尻をさしだすあなたにも張り合いができ、腰を振るたび、わたしのペニスが深く入るのがわかって、本当に男に愛されているように感じるでしょう。

可愛いロット、今週、一時間だけ自由になれないでしょうか。土曜でも……。会いにいらしてほしいのです。かつてなく、その愛らしいからだが必要なのです。

さようなら、可愛い人。金曜までには連絡をください。離れているとつらくてなりません。本当に愛しているのです。わたしに飽きていらっしゃらないなら、早くいらして。わたしたちを強力に支配する倒錯に、また溺れましょう。

あなたを抱きしめ、その甘美なお尻にむしゃぶりつきます。
あなたの唇に狂おしい口づけを。

あなたのシモーヌ

大切な人、

ゆうべ、思いがけず長いお手紙をポケットから取り出してくださった時の悦びを、どうお伝えしたらいいでしょう！　あなたの熱い言葉のおかげで、いっそう恍惚とさせられて、可愛いロット、今朝のわたしは幸福です。

お手紙を何度も読み返しました。あらゆるフレーズがわたしには優しい愛撫のようです。なんていとしいのでしょう、シャルル！　どうして、いつかわたしに愛想を尽かされるなどという考えを起こせるのですか？　ご自分の力をご存知ないのですか？　わたしがどれほど身も心も捧げているか、そしてこれからも永遠にそうであることをご存知ないのですか？　だって、たとえいつかお別れすることになっても、このからだはあなたのからだを忘れられず、情事の痕を永遠にとどめているのですから。

そうよ、わたしは異常で淫らな女になりました。あなたをもっと悦ばせ、引きとめておくために、もっと淫らになりたいのです。あなたの目が虚ろになり、倒錯的な欲情に我を忘れてわたしを押し倒し、痛めつけ、お気に入りのこのお尻を噛み、引っ掻くところを見たいのです。捧げたこのからだを発情した獣のように荒々しく犯してほしいのです。

わたしも世間の目を逃れ、二人きりで倒錯に身をまかせ、そして眠れるような、ささやかな愛の巣を夢見ています。

そこにわたしは裸でいる。ベッドの四隅に手首と足首を細紐で縛られている。むき出しのお尻があなたを挑発する。あなたも裸で本当に美しく、目に欲望をたたえ、唇に思いのたけを込めて口づけしてくれる。燃える口づけに、そのからだへの欲望で身悶えするけれど、あなたはむしろわたしを痛めつけたい。そのなめらかな手がむき出しのお尻を愛撫し、曲線をくまなくなぞる。甘美な接触に肌が粟立ちわななく。

突然、鞭が空を切る鋭い音が静けさを破る。叫び声があがる。勝利の雄叫びと痛みの絶叫。鞭がわたしの肌に赤い痕をつける。一鞭、そしてもう一鞭。虚しく抵抗し懇願する。

必死で腰をくねらせ、よけようとしても鞭は執拗にふりおろされる。そして、あなたはこの苦悶でオルガズムにのぼりつめようとしている。硬くなったペニス、虚ろになったまなざし、勝ち誇った様子が見なくてもわかる。あなたは勝利に酔い痴れるけれど、お願いだから縛りを解いて、無抵抗なこのからだを解放して、もう十分に苦しんだのだから。

そして、わたしは力なく真っ白な褥に横たわる。お尻は赤く火照っている。優しい愛撫で痛みを和らげてちょうだい。傷だらけのからだに、いとしい唇をあててちょうだい。

このからだはあなたのもの。隅々まで愛撫してください。頭のてっぺんからつま先まで両手でなぞってほしい。乳房を、お腹を、太腿を愛撫し、脚のあいだにすべりこみ、そこ、暗い茂みの陰であなたの口づけを求め硬くなっている蕾に、湿った唇をおしあててちょうだい。ああ、なんて甘い瞬間！　蕾に温かい輪がはめられている。器用な舌で秘められた場所をまさぐられ、舐められる。そう、そこ、いとしい人、そこよ。硬くなったペニスを味わうやり方で、この蕾を唇で味わって。

もっと、もっと、吸ってちょうだい、いとしい人、もっと吸って。乾いた唇から快感の喘ぎ、とりとめない言葉が漏れる。「ああ、いとしい人、いいわ、もっと、もっと」あなたは倦まずわたしをのぼりつめさせる。

並んで横たわるうち、ふと肌が触れ、愛液があなたの口に流れ、わたしは許しを乞うでしょう。だめ、可愛い人、動かないで。そこにじっとして、これからあなたへの欲望が目覚めさせられる。

すばらしい目に唇をあてる。欲情して輝くその目が一番好きです。それから唇を下へすべらせ、あなたの口に長々と熱い口づけをする。あなたの胸、お腹、太腿と唇はせわしなく駆け巡るけれど、見事なペニスと睾丸まで来て動きを止める。

ああ、可愛い人、最愛のペニスをゆだねてください。口にすっぽりつつみたい。やすみなくしゃぶり続けると、湿った口づけですこしずつ膨らんでくる。睾丸を両手でつつみこむと、あなたは全身をわななかせる。ペニスはこれ以上なく硬くなり、わたしを貫くにはおあつらえだけど、だめ、それをおあずけにして、わたしはすばらしいお尻に口をおしつけるのです。淫らなあなたが突き出してくるお尻を、わたしは両手でおしひろげる。どうしてほしいかはわかっています。ほら、小さな穴に舌がすべりこむのを感じますか？　秘められた肉を舌でさぐると、あなたが愛撫に反応する。歓喜に震えていらっしゃるのがわかります。唇で吸い、舐め、わたしの不遜なペニスの道を拓くのです。

ペニスの巨大な頭部がお尻の割れ目を上下する。堅く閉ざされた穴に入りやすいように、まずはわたしの濡れたヴァギナにすべりこませる。愛液にまみれ、いともたやすく可愛いお尻を貫けるでしょう！　ほら、感じて。「ああ、いい」と小さく叫び、あなたが自分の中でわたしを感じてくれているのがわかります。愛しい情婦のあなたを貫き、わたしはあなたの情夫になる。奇跡は実現し、二人の性は逆転するのです。

お尻に跨ったまま、わたしはマスターベーションをする。快感にのぼりつめると、温かくなめらかなその肌に愛液が流れる。そのうなじに熱烈な口づけをし、爪をくいこませる。

でも、あなたはまだ十分な快感を得ていない。さあ、わたしの下腹を跨いで跪いてちょうだい。おとなしくなりすぎたペニスをご自分で握ってちょうだい。わたしが蕾を指で弄って膨らませるように、あなたもそれを膨らませて。

煽情的な光景をわたしは淫らな目で堪能する。あなたの手がペニス全体を上下する。わたしはその動きを追う。しごくのよ、いとしい人。一人でわたしを想う時に、どうなさるのか見せてちょうだい。バンドルに、ナルボンヌにいらした頃を思い出して。わたしが恐るべき手紙であなたを惑乱させていたあの頃を思い出してちょうだい。そんなふうにしていらしたの？　しごいて、いとしい人、可愛いペニスをしごいてちょうだい。

あなたの目に閃光がはしり、ペニスを握り締める手に力がこもる。もうこれ以上なく硬く張りつめ、最初の一滴が先ばしる。しっかり屈んで、可愛いシャルル。見て、わたしは用意ができているのだから。

ああ、この瞬間を待っていたのです。もっと、もっとください。ペニスから濃く白く、温かな精液がほとばしり、乳房のあいだ、そしてお腹を流れる。あなたは身も世もなく射精し、それを浴びるあなたの淫らな愛人は、精液にまみれ官能の呻きをあげるのです。

これで、わたしはかつてなくあなたのものになります。精液の洗礼を授けていただいたのですから。このからだの隅々が甘美なぬくもりを知ることになるのです。

いとしいあなた、わたしは淫らですが、あなたを引きとめられるなら、もっと淫らな女になりたい。あなたが大好きなのですもの。ご存知でしょう。

あなたのからだが無上の恍惚をもたらし、激烈な快感を味わわせてくれるのです。わたしも同じようにしてさしあげられたら嬉しいのですが、そう簡単にはいきません。だって、あなたの肉欲を我がものにできるのはわたし一人ではなく、悲しくも、別の愛撫と比較されてしまうのですもの。だからこそ工夫を凝らし、つねに斬新で洗練されたセックスを探求し、最高のひとときを体験してもらえるよう努力しているのです。

わたしは理想どおりの激しい愛人ですか？　それとも、もっと穏やかで受け身の愛人がお望みですか？　ずっと前から訊きたくてうずうずしていたのですが、訊いたところで答えてくれたでしょうか？　それでも知りたいのです。おお、どんなに知りたいか。

さようなら、可愛いロット、わたしのことをすぐに想っていただけるように、これからこの長い手紙をお送りします。今夜はお会いできるでしょうか？

このさき一週間も愛し合うことがかないませんが、次の逢引では燃えるような興奮を味わえればと思います。

すでに精液のぬくもりが肌に感じられる気がして、考えただけで興奮します。精液に濡らされたら、どれほどいとしく思うことか。だけど、今よりもっと愛することができるのでしょうか？

ああ、シャルル、二人きりになれるささやかな巣が、どうして持てないのでしょうか？他人の目を気にせず自由にふるまえる「我が家」があれば、どんなにいいか。七月の一人暮らしが今は惜しまれてなりません。わたしの部屋でどんなにか甘美な時間を過ごせるものを！

さようなら、愛する人。そのいとしい唇に、若く神々しいそのからだに熱烈に口づけします。今晩、でなければ、明日お目にかかります。

あなたに夢中な熱い愛人。

シモーヌ

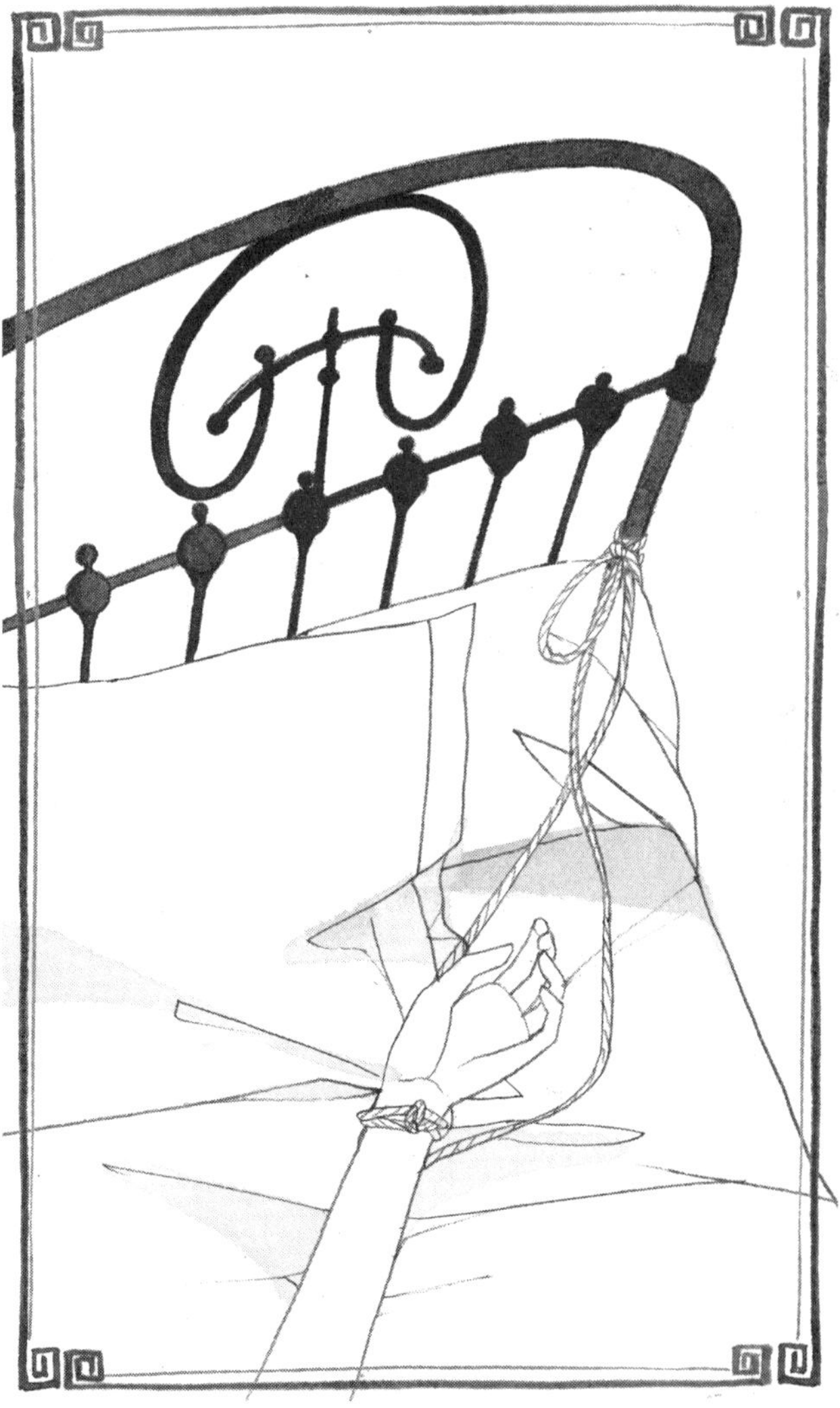

土曜日　十一時

いとしいあなたがプラットホームの先の小さな点でしかなくなった時、なんという恐ろしい悲しみに襲われたことか。最後のお別れにいまいちど手を振って、もう会えないのだと自分に言いきかせてから、さっき二人並んで来た道を一人ぼっちで引き返しました。

どうして行ってしまったのですか、ロット、どうして？　十日間もあなたから離れ、その昼から、いとしい目から遠く離れて過ごさなければなりません。ひどく滅入って、夜はずっと、恋人を情け容赦なく連れ去って疾走する列車の光景が頭から離れませんでした。


ああ、どんなに愛していることか！　どれほど身も心も捧げていることか！　この愛情は弱まるどころか、日を追って確実に強まり、その熱いまなざし、あなたに抱かれる心地よい荒々しさぬきの人生など、もう考えられません。

あなたのセックスがわたしのからだに消えない痕を残し、思い出すだけで全身が震えるのです。あなたが望んでくださるかぎり、ずっとそばにいるために生きているのです。すばらしいからだを崇めずにはいられません。唇から漏れる温かい息に酔い痴れ、わたしを幸福で満たしてくれる崇高なからだで容赦なく犯されなければ生きていけません。

おお、いとしいあなた、おそばにおいて、抱いてください。愛しています。気が狂うほど愛しています。

わたしのシャルル、夜はいかがお過ごしでしたか？　眠る前、夜汽車であなたと同室の女性たちのことが頭から離れませんでした。あなたを失うのが怖くて、何もかもが心配で、些細なことにびくびくし、悲嘆にくれてしまいます。

火曜には長いお手紙が届くのを胸を高鳴らせて待っています。わたしが望むようなお手紙をいただけるでしょうか⁇　離れていると、わたしのからだを激しく欲してくださるでしょうか？　情熱的で倒錯的なわたしの愛撫への欲望が掻きたてられるのでしょうか？

別離の悲嘆にくれながらも、昨日わたしは幸せでした。雑踏のなかあなたを独り占めできて、とても優しくしてもらったのですもの。この思い出を胸に、長い不在に耐えようと思います。

お戻りになった時、二人を待ち受ける深い悦びのことを考えます。ああ、そのからだのうっとりするぬくもり、すばらしい肉体を再び見出すのです。その胸に身をすくめ、唇に心を込めた長い口づけをさせてください。

わたしたちの抱擁を思い出してください。可愛いロット。破廉恥きわまりない姿態で、ヴァギナ、お尻、乳房、口、あらゆる部分をゆだねられるところを想像してください。お望みとあらば、総出で熱烈な快感をもたらす用意ができていることを考えてください。

ずっとそばにおいてくださいますか？　傍らにいつも一途なわたしをおいてくださいますか？　ずっと一緒にいられるなら、わたしは何でもするつもりです。

あなたは淫らさに満ち、思いやりにも満ち溢れた夢のような愛人なのですもの。その胸に一時間抱かれる以上の幸せはありません。優しいあなた、いつまでも一緒にいさせてください。あなたが望むかぎり、そのからだを抱かせてください。抱擁にも口づけにも、けっして、けっして飽きることはありません。

ああ、いとしいシャルル、早く戻っていらして、早く。その胸にとびこみ身をすくめるのを、愛に震えながら待っています。

これからの十日間が永遠のように思えます！　できるだけ頻繁にお手紙をください。お便りがなければ悲しくてならないでしょう。わたしが待っていることを、どうかお忘れなく。

再会の日を指折り数えて待っています。

離れていてもお行儀よくしていらしてね。あなたが一週間は一人きりだと思うと慰められます。悲しみが和らぐといっても、ゆうべあなたを見つめていた女性のことが心配です。あの人があなたをゆっくり眠らせてくれたらよいのだけど。それに、わたしのお手紙が一晩中あなたのお供をして、誘惑を遠ざけてくれたらよいのですが。

いいえ、からかってみただけです。信じていますもの。でも、いとしすぎて失うのが怖いのです。だからお恨みにならないでください。

月曜までお手紙が書けるかわかりません。このさき一週間は一人になれると思っていたのですが、家族が出発間際に事情があってここに足止めされ、どうすれば手紙を書けるかわからないのです。火曜まで便りがなかったら、あなたへの想いを書き綴る楽しみを、心ならずも断念させられているのだと思ってください。

さようなら、わたしの恋人。首に腕をまわし、唇に想いのたけを込めた長い長い口づけをします。

早く、早くお戻りになるのを待っています。優しく熱く、長いお手紙を書いてください。どんなふうにわたしを想ってくださっているか、次の逢引でどんなふうに愛してほしいか書いてください。さようなら、優しいあなた、愛しています。

あなたの情熱的な愛人。

シモーヌ

水曜日　午前

愛するあなた、
昨日ようやく待望のお手紙を受けとったのが夕方五時、一日がなかなか終わらない気がしました。

二重の封筒を破るのももどかしく、情熱的なお手紙を深い悦びにつつまれて読みました。本当に望みどおりのお手紙で、今も、つい目をはしらせてしまいます。

変わらぬ強さで想ってくださり、離れていてもわたしの愛撫に心を掻き乱されるのですね。幸せです。わたしのセックスに嫌気がさしたのではないか、もう愛されていないのではないかと不安でした。これからもまだ一緒に楽しい時を過ごせるとわかり、嬉しくてなりません。

あなたはこのからだを欲して喘いでいらっしゃるかもしれないけれど、わたしは離れていても、日夜あなたのセックスに苛まれています。わたしもあなたを固く抱きしめたい。皮膚が触れあう狂おしい感触を味わいたい。そのからだに永遠に消えないわたしの痕跡を刻みつけたい。二人が渾然一体となることほど甘美で心地よいことはありません。

この腕のなかに来てちょうだい。固く抱きしめ、雄々しいからだからたちのぼる香りを吸いこみたい。ゆだねられたむきだしのからだの隅々を唇で愛撫したい。どうか、崇めさせてください、わたしの小さな神様。胸に抱きしめたからだの美しさを堪能させてください。今日はあせらず、じっくり再会の崇高なひとときを味わい、二人の倒錯が実現させた異常なセックスへの欲望に、すこしずつ染まっていきましょう。

可愛いロット、ナルボンヌの個室にいるあなたが目に浮かびます。ベッドの上で裸のあなたが、愛人からの熱っぽい手紙を読み返している。

美しいからだを静かに横たえているけれど、やがて、ひらいた太腿のほうへと手をのばす。小刻みに震えるものを探りあて、ひしと握って指をこわばらせる。ピンク色の頭が欲望に腫れあがり、手は上へ、下へ、もっと速く上へ動いて締めつけ、目は、わたしが肉欲に駆られるまま綴った狂おしい文面から離さない。

この瞬間、わたしはすぐそばにいます。目をとじて、わたしを想ってください。恥知らずなお尻を、硬くなったヴァギナを、わたしのあらゆる愛撫を想って、しごいて、しごいてちょうだい。ここからでも、ぎくしゃくした動きが見える。歓喜に目をとじ、半開きの唇からわたしの名が漏れる。そしてペニスは、精液ではちきれんばかりに膨らみそそり立つ。しごくのよ、ロット。オルガズムにのぼりつめる時、ペニスのリキュールはわたしがいただくから。激しく欲しています。優しいあなた。そしてあなたを野蛮に犯したい。

お戻りになったら、このからだのすべてをゆだねます。激しい愛撫でのぼりつめさせられるでしょう。もっと激しくあなたのものになりたいのです。

これを書いている今、そばにいてほしい。触れただけで、あなたが身をのけぞらせるのを感じたい。それに美しいペニスをこのヴァギナにとじこめたい。

ええそうよ、挿入されたいのです。あなたがいとしすぎて、こんなシンプルすぎるセックスすら欲するようになりました。あなたの硬くなった器官が優しく潜入してくるなんという恍惚。何がわたしの好みなのか、もうわかりません。

ええ、シャルル。お戻りになったら二人でおおいにはめをはずしましょうね。二人のからだが複数の超自然的な器官で結ばれ、永遠に、永遠に忘れることができないでしょう。

あなたはわたしの情婦でしょう？　情夫でしょう？　わたしたちは二人で四つの肉体ではありませんか？

二人の倒錯に及ぶべくもない恍惚をどうしてよそに求めていたのでしょう？　わたしたちの情事は稀なものです。そうお思いになりませんか？　これほど奇抜で倒錯的な愛撫を、あなたはほかの女性に求められますか？　疲れ知らずの「情夫」になってほしいなどと頼めますか？　これほどの恍惚を今になって断つことができるでしょうか？　それに、わたしがあなた以外の人とあのようなセックスを体験できるとお思いですか？

わたしのシャルル、おわかりでしょう。異常な肉欲によってわたしたちは離れがたく結びついているのです。これが二人にとって快感であるかぎり、ともに味わい続けましょう。

お戻りにそなえて「器官」をもう一つ入手するつもりです。なんという狂気の沙汰！　わたしたちが体験できる異常なセックスについては明日書きます。あなたからのお手紙が今夜とどけば、その返信も兼ねたお手紙を、週明けに受けとっていただけるでしょう。

さようなら、わたしのいとしい人。あなたがいらっしゃらないのもあと四日。でもそのあとはお会いできます。お会いして身も心も精一杯捧げられます。

そのお尻に口づけし、あなたに荒々しく征服され、ぼろぼろになって果てるまで激しく吸います。

その唇に陶然と口づけします。

シモーヌ

大切な愛人、

クレルモンからのお手紙を落手したところです。頻繁にお手紙を書いてくださって、なんて優しいのでしょう。このお礼はお帰りになったらいたします。お会いできるまでの時間を指折り数えて待っています。刻一刻とあなたがすこしずつこちらに近づき、それだけ別離の時間が短くなり、とうとうあと数日足らずで再会できるのですね。

あなたの腕から遠く離れて過ごした長い一週間は、思い返せば陰鬱ですが、それが望ましかったとも言えます。なぜなら、二人の幸福はこの一週間にかかっていたのですから。あんなかたちでお別れしたことを、二人が漠然と心残りに思うだけなら終わりだったでしょう。でも、わたしたちの情事はもっと激しくなって生まれ変わるのです！　肉欲だけでなく心にも重くのしかかっていたこの別離のあと、二人の愛撫がどれほど甘美に感じられることか！

ああ、わたしにもその美しいからだが必要なのです。倒錯と欲望に悶えるそのからだを抱きしめる必要があるのです。そして、からだの隅々にようやく舌を這わせられるのが待ち遠しい。どんなにあなたを愛することか！

そうよ、あなたは、わたしも顔負けのとびきり淫らな情婦になれるのですもの。わたしも信じられないほどの欲望を掻きたててさしあげます。長い別離で欲情は極限に達していますから、かつてなく激しいわたしに再会することになるでしょう。

目をとじるとあなたの姿が目に浮かびます。ベッドに横たわり、ほのかな灯りに美しさが際立つ。わたしは熱に浮かされ、あなたの前に跪き、さざ波を打つからだに燃える舌を這わせる。あなたが美しくて、わたしは無我夢中になる。その香りを深く吸いこませてください。一時間は我がものにできるその裸体に身を投げださせてください。やっと心ゆくまで抱きしめ、狂おしいオルガズムにのぼりつめさせてさしあげます。

どのような激しい愛撫を期待されているかはわかっています。倒錯したわたしだけにもたらせられる強烈な興奮を全身で欲していらっしゃるのでしょう。そして、お尻の小さな穴をわたしの唇、舌、そして指でがむしゃらにまさぐられたがっていらっしゃるのでしょう。硬直したペニスをわたしの喉の奥にさしこむか、両の乳房で締めつけるかされたがってらっしゃるのでしょう。このからだはすべてあなたのものです。隅々まであなたの自由になります。そして工夫を凝らし、どこでもお好きなところに射精できるよう激しく興奮させます。

けれども、いまやわたしたちは四人。あらゆる乱行は四人で、四人とも疲労困憊して力尽きるまでするのです。

それから、新しい悦びをさしあげます。あなたにも鞭を味わってほしいのです。鞭がわたしに残したような血まみれの痕を、そのからだにもつけたいのです。

さあ、俯せになって枕に顔を押しつけてください。わたしはあなたに跨り、強力な太腿でお尻をおさえつける。ほら、わたしが痛めつけられたように、今度はあなたが苦しむ番よ。鞭で容赦なくなぶられ、あなたは身をよじり、膨張したペニスのわななきは一鞭ごとに激しさを増すでしょう。

でも、あなたは許しを乞う。責め苦を忘れられるよう、口づけしてあげるから見事なお尻をさしだして。口づけをせがむこの甘美な小さな穴のなんと愛らしいこと！　舌が堪えきれずあなたのなかに入り、わたしが握る驚異的な器官（*1）のとおる道を拓く。そうよ、可愛いロット。これから肛門を穿つのです。だってそれがあなたの倒錯の最終段階なのでしょう。それこそあなたの待望する驚異的な愛撫なのでしょう。

さあ、いくわよ。ああ、あなたをものにできたわ！　お尻の奥にわたしの怪物的なものを感じる？　あなたのペニスを吸わせてください。睾丸を舐めさせてください。そして、わたしのヴァギナを唇で捕らえ、吸って、吸ってください。

ああ、もうだめ！　こんな狂乱の場面を想像すると、興奮でおかしくなりそうです。早く、早く、戻っていらして。あなたに抱かれてのぼりつめたくてうずうずしています。新しい恍惚を味わいたくてうずうずしています。きっとすばらしいでしょう！　どんなに嬉しく再会することか！　もう久しく身を絡ませず、欲望がいやましに高まっています。

わたしの小さな神様、あなたにサディスティックな愛撫を啓示できて幸せです。この味に永遠に飽きることなく、いつまでもわたしを手放さずにいてくれることを願います。あなたが望むかぎり、ずっと愛人でいます。

明日は新しい「器官」を受けとりに行きますが、悲しいかな、二人で試すにはさらに一週間待たなければならないようです。今週は課題が山積みで、片づけるまでは一時間からだをあけることもままならないのです。次の逢引はおそらく土曜になるでしょう。でも、週明けからは一緒です。いずれにしても、近いうちに愛し合えるようにしましょう。だって、あなた同様、二人の異常性で創造した熱狂を味わいつくすのが待ち遠しくてならないのですもの。

そして、鞭の試練を受ける用意があるか、お手紙で教えてください。あなたのためにわたしが痛みに耐えたように、痛みに耐える用意があるか、教えてください。

すでに言ったように、あの興奮は忘れがたいものではあります。痛みと快楽が判別できず、残虐と歓喜がない交ぜのあの感覚には陶然となり驚かされます。でも、試練は苛酷です。打擲にわななないたこのからだを思い出してください！　よくお考えになって、わたしはあなたの意志に従います。

わたしをまた痛めつけたければ、どうぞ気のすむまでなさってください。あなたの震えるお尻を犯しながら悟ったのです。あなたが長年ひそかに夢見ていた狂おしい快感を今まさに与えているのだと。その異常さをおくびにも出さずにいたけれど、とうとう解き放ったのですね。

あなたはお尻を男根でがむしゃらに穿たれたかった。味わいたがっていた至高の恍惚を、わたしが与えたのです。いとしい人、「この倒錯的なセックスにまさるものはない」というあなたに同感です。己の肉を荒々しく犯され、幸福のあまり茫然となって愛する者の腕に倒れこむ、これほど甘美なことがあるでしょうか！

よくお考えになって、次の逢引で残虐な鞭を受けるか見送るか、おっしゃってください。あなたが欲しくてたまらないから、痛めつける勇気が持てるか心もとありません。あなたの掟に従います。命じてください。盲目的に従います。でも、考えるとたまらなく興奮してしまいます。あなたを痛みでのぼりつめさせる、それがどれほど甘美か。鞭に責められ、見事なお尻がわななくのを見て、肛門を激しく穿つのです。

ああ、早く、早く戻っていらして、可愛いロット。その柔らかな肌、口、目、髪、手、あなたのすべてを早くこのときめく胸に抱きしめたくてうずうずしています。

そちらからの最後の手紙が待ちきれません。明日になるでしょうか？　返信を三通まとめて同封します。到着したらすぐ読んでいただけるでしょう。満足していただけるかしら？

さようなら、大切な方。明晩で残り三日。寝ても醒めてもあなたの愛撫に焦がれています。シャルル、どんなに激しく愛し合うことになるか！　その可愛いお尻に覚悟させておいてくださいね。長いご無沙汰のあと熾烈な襲撃にさらされるのですから。どんなに嬉しくあなたの肉を穿つことか。もう目に浮かぶようで欲情します。猛り狂うほど欲情しています。あなたを抱いて、征服し、肛門を穿つ、おお、大好きなあなたの肛門を穿ち、そのお尻で果てるのです。なんと甘美なことでしょう！　早く、戻っていらしてね。

シモーヌ

（*1）つまり、例の「補助具」の入手はさほど困難ではなく、いくらか躊躇したあと、シモーヌはこれを首尾よく入手したのだろう。当時のパリにセックスショップは存在しなかったが、悪所や娼婦館に事欠かない大都市で、彼女はめがねに適うものを見つけたのだろう。

木曜日　夜九時

わたしの大切な人、
みんな出払いました。ひっそりとした家に真夜中まで一人ぼっち。外は闇です。暗闇にぽつりと小さな光が見えます。見慣れた窓にともる、わたしの胸を躍らせる光です。高いところにあるその光に目が吸い寄せられます。光の点を執拗に見つめる悦びも悲しみも、あなたにはおわかりにならないでしょう。
悦び、そうたしかに、こう思えるから悦びです。「あの灯りの下にあの人がいる。夜の静寂に狂ったように名を呼べば、わたしの声が届くはず」けれども、すぐ恐ろしい悲しみに胸が締めつけられます。「たしかに、あの人はいるけれど一人ではない。今どんな言葉に耳を傾けているのかしら？　相手をどんなまなざしで見ているのかしら？　そしてまもなく、まもなく、灯りが消える時、どんなしぐさをするのかしら？」
おお、シャルル、わたしの唯一人の恋人、こんな考えに執拗に悩まされているのが、わかってはいただけないでしょう！　あのひとのためにどんなに苦悩しているか、とうていわかってはいただけないでしょう！

ああ、白い目で見ないで、わかってください。どれほど愛しているか、どれほど熱烈な愛撫を捧げたいと思っているかはご存知でしょう。ならば、あなたが別の女性（*1）の口づけで快楽に身をのけぞらせると考えただけで、身を引き裂かれる思いでいるのを感じてくれなくてはいけません。ああ、恐ろしい幻影に苛まれ、苛まれ、苦しめられているのです！

わたしにはどうしようもないし、永遠にどうすることもできないでしょう。二人のあいだに別の女性がいる事実を受けいれて、あなたを愛さなければなりませんが、それでも、シャルル、今夜はどうにも悲しいのです。こんな話をしてごめんなさい。でも苦しみがあまりにも重く、話さずにはいられないのです。愛しています。たまらなく愛しているのはご存知でしょう。そしてこの愛には、悲しいかな、苦しみがつきものなのです。

でも、こんなことはあなたの期待する言葉ではありませんでしたね。こんなに感傷的で軟弱なわたしはお好きではないでしょう。けれども、これが抑えようのないわたしの心の叫びなのです。

明日はお会いできますか？　心底そう願っています。明日お会いできれば、胸に抱きしめ、このうえなく優しい愛撫にサディスティックな愛撫、あなた好みの愛撫、欲する愛撫をすべて惜しげなくしてさしあげます。

大切なあなた、すばらしいからだを覆う服を早く脱ぎ捨ててちょうだい。見て、わたしはもう裸でじれて待っているのだから。あなたが服を脱ぎながら遠目に見られるように、淫らなしぐさをしてみせる。ヴァギナを活発な指で弄り、同時にお尻の穴をまさぐる。見て、いとしい人、見てちょうだい。ヴァギナがあなたの舌の至高の愛撫を待っている。ああ、来て、この唇にむしゃぶりついて。溢れ出す愛液を吸いとってください。その喉を潤すものがわかる？　吸って、わたしを吸ってください。なんて甘美な愛撫なのでしょう。蕾をくわえて、味わって、狂ったようにいかせてください。ぐったりしたからだをしばしあなたの腕にあずけていたい。それから、このお尻をどうぞ。熱を込めて準備させてあげてください。まもなくあなたの硬いペニスを受けいれるのですから。

そして、あなたのものもください。ああ、可愛い穴、美しいお尻、そこに燃える唇を、舌を、指を這わせるなんという悦び……。あなたの奥深くで温かく柔らかな肉が不思議にわななくのを感じるのが好きです。わたしの指を締めつけ、快感に酔い痴れている。

そして今度はわたしが挿入するのです。見事なお尻をだしてください。しっかり嵌まるように、わたしのペニスの上に腰をしずめて。そこ、そこよ、しずかに、そっと。器官で思いきり貫かれているのを感じますか？　いい？　教えてください、いいの？　あなたの肛門を穿ち、あなたのなかに、お尻のなかに入っている。あなたに快感を与える巨大な器官を穴から抜かず、わたしの上に身をのばしてください。太いペニスをヴァギナか、お尻の穴か、どこでもお好きなところへ突きたててください。一緒に果てたいのです。ヴァギナを唇ではさまれたい。あなたのペニスをヴァギナに、お尻に、いたるところに感じたい。

明日はどうか、からだをあけてください。あなたが欲しくてたまらないのです。見事なお尻が、太いペニスが欲しくてたまりません。思いきり犯されずにはいられないのです。

ええ、あなたの好きな淫らで異常なこのセックスをいつでもしてさしあげます。だって、あなたの肛門を穿つことほど甘美なことはないのですもの。わたしが女ではなく、倒錯したあなたが出会いを求める美しい情夫であるような不思議な感覚を味わってほしいのです。

俯せのあなたに跨って強力な太腿でおさえこむ時、わたしが女であることは忘れてください。お尻を貫いているのは、あなたの情夫のペニス。ほら、感じる？ いかが？ どう、太く硬く、しかも穴の奥の道を心得ているでしょう。明日もこの倒錯的な愛撫を味わっていただけるでしょう。あなたのことが大好きだから、明日もその肛門を激しく穿ってさしあげます。

さようなら、可愛いロット。あなたを想いながら、でも、おとなしく寝ます。力はすべて明日のために蓄えておきたいのですもの。

わたしをオルガズムにのぼりつめさせるのは、あなたの愛撫と燃える口づけであってほしい。ヴァギナの奥深くに太いペニスを感じたい。歓喜を呼びさますのに、すこしだけ入れて、頭だけ。そこに愛液を浴びせるから、あなたのものはわたしの肛門の奥に放出してください。あなたに肛門を穿たれたい。だってそれこそ疲労困憊させる真のセックスなのですから。

では、明日。よいお返事を早く電話でお聴かせください。あなた好みの淫らな女になります。あなたの唇に口づけを。では明日。

あなたのシモーヌ

（*1）「別の女性」すなわちシャルルの妻は、このロマンスにつねに存在している影の重要な人物である。彼女のためにシモーヌは激しい嫉妬に苛まれ、それがこの類まれな情事を起動させてもいる。

先の手紙でシモーヌは、旅立つ愛人と同じコンパートメントの女性たちに不安をおぼえていた。そのあともまた「ほかの女性にこれほど奇抜で倒錯的な愛撫を求められますか？」と問い、不安を吐露している。

そして今、彼女は自室にこもり、自宅から目と鼻の先で、愛人とその妻が生活とベッドをともにしているところを想像しながら、どうすることもできずにいる絶望を吐露している。

この貴重な嫉妬がなければ、シモーヌはおそらくこれほど創造的ではなかっただろうし、シャルルが妻とは到達すべくもない極限の性関係を追求することもなかっただろう。こうして肛門性交は相手が愛人だからこそ許される特別な行為となるのだ。

金曜日　十一時

いとしい人、

期待どおりのお手紙をたしかに受けとりました。お願いしたとおりにしてくれて、優しくて可愛くて大好きです。

静かなわたしの小部屋でこれを書いています。外はどしゃ降りの雨。庭は真っ暗です。わたしはここで居心地よく、あなたのこと、二人のことに想いを馳せ、いただいたばかりのお手紙の嬉しい言葉を心ゆくまで読み返しています。待ち望んでいた言葉が耳に優しく、くり返し心のなかに響き、いつも喘ぎながら囁くいとしい人の名と交じり合います。

あと一週間たらず、あと数日で、二人の関係の一周年をあなたの胸に抱かれてお祝いできます。そう考えると深い悦びと感動を禁じえません。というのも、この一年に交わした思いやりと甘美な愛撫がことごとく思い出されるからです。

あなたの自由を奪い、わたしの精巧な器官を奥深くまで突きたてる時の印象をお訊ねですね。不思議な感覚です。自分が自分ではなくなった感じがします。

あなたに触れたとたん男になって、男の欲情であなたを抱き、犯すのです。猛り狂う欲情で血が沸き、あなたがわたしのからだを味わうように、あなたを堪能するのです。ええ、この至高の愛撫をいつでもしてさしあげます。だって、そこには真の快楽があるのですもの。挑発的なからだが目の前にゆだねられ、巧みに揉まれ屈服したところを激しく犯す。ああ、なんという恍惚、忘れられない強烈なひととき！

金曜は、あなたがよければ、また情婦になっていただきます。二人の新しい巣でわたしの欲望の激しさを思い知り、あまさずわたしだけのものになってもらいます。狂ったように愛し合って一緒に果てましょう。その日ばかりは、何ものにもわたしたちの倒錯をとめられません。今まで以上の力を発揮し激情を競い合いましょう。二人とも歓喜に酔い痴れることでしょう！

二人をためらわせる羞恥心は久しく前からかなぐり捨て、情事はいやましに激しく、ますます甘美になっています。わたしたちが愛し合う行為に穢らわしいことは一切なく、すべての行為が二人の情事に必要なのです。今、あなたに気に入られ、わたしのからだが愛され、あなたを満足させていると確信でき、誇らしく思います。ああ、満足しているとおっしゃってください。わたしを好きなようにしてください。あなたのものなのですから。

時おり、あなたを存分に堪能した後に、その腕を抜けだしながら考えるのです。こんなふうに肉体を消耗しなくなる日がいつか来るなんてありえない。だって二人の魂と肉体があまりに調和していて愛さずにはいられないのだもの、と。ともにした行為のために、もはや離れられず、二人を縛る鎖も重荷となることはないでしょう。

今夜は、愛し合うわたしたちの夢のようなひとときに想いを馳せます。あなたの快楽の道具にしてもらうまで知らずにいた、あらゆる悦びのことも想います。あれだけのことを一緒にしたあと、別の誰かを愛することなど不可能です。

なぜって、シャルル、わたしたちのしていることを考えてもみてください。絡まり合い、繋がり合い、もはや一つの肉塊、一つの生き物でしかなくなって、身をほどき、あなたがわたしから出て行く時、わたしはさらにあなたのものとなり、あなたはさらにわたしのものとなったと感じるのです。このからだがあなたのからだから何かを吸収し、わたしのからだはあなたに最高のものを与えたのです。

今のわたしをつくってくれたあなたに身も心も捧げる悦び、この無上の幸福はあなたのおかげです。そして、わたしはあなたの、あなただけのもの。永遠にあなただけのものであり続け、隷属状態に満ち足り、美しい愛人に感謝するのです。

いいえ、永遠に別れないと思っているわけではありません。あまりに幸せだから、もしそんなことになったら、なんという痛手か！　とはいえ、二人で味わった悦び、あなたを絶叫させ、わたしを息たえだえに倒れこませたあの驚異的な官能の悦びは、まだこれからも続くでしょう。二人がすでにした行為、これからしたい行為のおかげで、わたしたちの幸福はそっくり保存され、わたしに身をゆだねたことを考えずに、ほかの女性にからだをゆだねることは、けっしてできないでしょう。

ところで、わたしがどんなふうに身をゆだねてほしいかはおわかりですね。このうえなく熱烈な愛撫、破廉恥きわまりないセックスに身をさらしてほしいのです。だって何より祝福されたこの日ばかりは、完全にわたしの肉に隷従してほしいのですもの。倒錯と激情にどっぷり浸かり、歓喜と快感にうちのめされ、四肢を痛みにひりつかせるまでは離しません。あなたが大好きで、征服されつつ、同時に征服せずにはいられないのです。

一週間後には、わたしは裸で抱かれているでしょう。快楽への期待で張りつめるこのからだを隅々まで愛撫してくださってもいい。跨って痛めつけても、口づけしてくださってもいい。でも報復があることを、それが至高のセックスであることを忘れないでくださいね。思い出して全身を震わせていらっしゃるのでしょう。安心してその瞬間を待っていらして。狂おしい快感に身悶えさせてあげますから。

さようなら。では月曜に。あなたを想っています。もう頭のなかで、あなたの甘美な肉体を我がものにしています。わたしもこの身を投げだすから征服してください。だって、熱烈に愛しているのですもの。ではまた。

あなたの口に陶然とする口づけを。

これ以上は書けません。気送速達が重くなりすぎてしまうし、自分であなたのオフィスへお届けする時間はなさそうなのです。愛しています。

シモーヌ

土曜日　十一時

わたしの大切な恋人、
長いお手紙を今晩いただけたらお返事を書けたのですが。またも、記憶を頼りに白い便箋を埋めなければなりません。

昨日あなたの腕を抜けでた時、わたしのはかりしれない悦びをお伝えしたでしょうか？　定かではありません。だって、あなたの燃える愛撫によって投げこまれた錯乱状態のなかで、放心していましたから。

あの崇高なひとときを想うと、全身にはしる震えを禁じえません。なんという夢！　なんと甘美な着想をえて、なんという快感へ導かれたことか！　あの日は普段より満足したいと望んではいましたが、あれほど夢のような歓喜に到達できるとは思ってもみませんでした。

思い出して、ロット、思い出してください。

二人のすてきな新しい巣、温かく落ち着いた大きな部屋で落ち合いました。胸にとびこむと、もう硬く勃っていらした。先に着いて大きなベッドで待つあなたに、熱い欲望で全身をわななかせて合流する。白く柔らかなその肌に触れて痺れ、あなたの上に身を投げだし肌を重ねる。ペニスは硬く張りつめている。入れてあげるためヴァギナをさしだすと、ためらわずすっぽり侵入する。なんて甘美なのでしょう！　そのまましばらくじっとする。温かく優しいペニスの愛撫にゆっくりのぼりつめていく。いとしいシャルル！　あなたは夢のような愛人でした。

でも、今度はわたしが約束した快楽を与える番。しっかりお尻を出してちょうだい。欲しくてたまらない。愛してやまないくすんだ色の小さな穴があらわになる。むしゃぶりつく。一心不乱に吸って、噛んで、口づけする。すべてをこの唇にとりこみ、あなたは幸福の呻きをあげる。あなたの吐息に情熱を煽られて、さらに猛烈に再開する。わたしの手首に爪をくいこませ、狂ったように身をゆだねてくる。もうこれだけであなたは悦んでいるけれど、まだまだもっと悦ばせたい。あなたの肉体の至高の征服、それをわたしは熱望し、その瞬間は近づいている。

余念なくあなたのために準備している快楽を意識しながら、「器官」で武装し戦いに臨む。快感が迫り、あなたは悦びに喘ぐ。巨大な睾丸のように、乳房があなたのお尻をしたたかに打つ。いい？　いとしい人、言ってちょうだい。けれども、あなたは許しを乞う。わたしは器官を抜き、肌を密着させる。膨らんだ蕾でわななく穴を撫で、割れ目に入り、わたしは狂ったようにのぼりつめる。

でも、あなたの欲情はまだ癒えない。わたしを残酷に苦しめたがっているのがわかる。片手でくるぶしを摑まれ、力いっぱい殴られ、痛みに絶叫する。容赦ない殴打。哀願に耳も貸さず意のままにわたしのお尻を左から右へ、右から左へ、ますます強く張る。わたしはもう限界。最後の一発。ようやく許されて、再びヴァギナに口づけされ、快感とともに痛みは消える。

それから、最後を飾るセックスはこうでしたね。二人とも欲望を抑えきれず、お尻に硬いペニスを突きたてられました。わたしの内奥にあなたを感じる、それはえもいわれぬ感触でした。すべてを、精液の最後の一滴まですべてを感じ、わたしは狂おしく降伏したのでした。このような快楽を味わったのは久しぶりでしたね。わたしたちの一周年をとめどない激情で祝いました。あのひとときは二人のとりわけ美しい思い出となるでしょう。

可愛いロット、あなたの印象も伺いたいのです。悦ばせ、欲望をすべて満たしてあげられた気がしましたが、あなたからその確証を得たいのです。

落胆させないよう、精一杯のことをしました。ずいぶん期待させることを言いましたが、期待は裏切られなかったでしょうか？　わたしは抜け殻になってあなたの腕を抜けだしました。熱烈な愛撫でうちのめされ、今朝もまだへとへとでした。でも、あなたのなんという思い出ができたことか！　なんという技法でこのからだをあやつるのでしょう！

あなたがその激情で啓示してくださった信じられない快感を、あなたにも味わっていただければよかった。つきだされたお尻を二度力いっぱい叩いたのに、拒まれました。あの試練にはもってこいの場所だったというのに。

至高の愛撫を味わってみたくはないのですか？　深い悦びを感じてもらえる自信があるから、してさしあげたくてたまらないのです。

この一年、あなたの欲求をすべて受けいれてきました。どんな些細な気まぐれも先回りし、叶えてあげようとしました。あなたのために淫らな愛撫を考えだし、それらすべてのおかげで、今もそのからだを我がものにできるのです。

もう、あなたなしでは生きていけません。不可能です。あなたがいないと悲しくてならないのです。昨日、眠っているあなたを見ていました。腕を枕に、あの激しい格闘のあととは思えない安らかな寝顔でした。裸のからだから魅力が溢れていました。あなたは美しく、そんな愛人がいて誇らしく思っているのをご存知ですか？　考えただけで欲情します。

可愛いロット、今夜はそばにいてほしい。また激しくからだじゅうに口づけし、舌をお尻に割りこませ、穴を吸いたい。大好きなそのお尻はわたしのもの。わたしだけのものにしたい。とりあげられたとたん、また欲しくてたまらなくなるのです。

ああ、どうして完全にわたしのものにならないのでしょう？　この幸福を知りもしなければ顧みようともしない女性に、どうしてあなたを抱かせなければならないのでしょう？　ああ、また蒸し返しですね。ここにいたから落ち着いていたけれど、今夜はまたおかしくなりそうです。

あなたがいとしすぎて、他人と分かち合うのはつらくてならないし、あのひとに抱かれて同じくらいあなたが満足なさるなら、もう終わりです。心安らかでいるためには、わたしがあなたの可愛い愛人で、お望みの愛撫はなんでも与えられるという幻想を抱けなくてはなりません。そうでなかったら、あなたがあのひととも同じ悦びを味わっていたら、わたしは闘いをやめるでしょう。本当です。

いとしいシャルル、今夜は急に意地悪になってしまいました。嫉妬しているのです。恐ろしい嫉妬にとらえられ、これを書いている今も、あなたがあのひとのそばで眠っていると考えると全身がこわばります。わたしは、あなたを想いながら一人で寝ます。どうしてわたしたちは昨日のようなえもいわれぬ抱擁のあと、そのまま眠れないのでしょうか？

そのお尻に、わたしのペニスを突きたてるか、むしゃぶりつくかして、あなたが快感に激しく喘ぐのを聴きたいのです。なんてすてきな情婦なの、ロット。どうしてあなたなしでいられるでしょう？　わたしを情夫にしておきたければ、好きなだけそばにおいて。破局は永遠に訪れず、また来年の記念日を迎えられることを祈ります。

真夜中をすぎました。この辺で筆をおきます。週明けに気送速達でこの手紙をお送りします。おそらく返信を書いていただく暇はないでしょう。けれども、記念すべき一日のあと、あなたのお手紙が読めればと思います。あなたの情夫に満足していただけたか、早く教えてくださいね、ロット。それから、わたしを愛しているとも言ってください。いまだに、そう言ってもらう必要があるのです。

さようなら、いとしい人。ヴァギナを巧みに吸えるその愛らしい口に熱烈にキスし、あなたが耐えられなくなるまで、狂おしく肛門を穿ちます。蕾を慰めながら眠りにつきます。わたしを快楽で身悶えさせるのはあなたの手だと想像しながら。

大好きです。

あなたのシモーヌ

いとしい人、
憂鬱で、憂鬱でなりません。愛するあなたのおそばにいたい。快楽に痺れる美しいからだを抱いた夢のようなひとときから、もう幾日たつでしょう！　今は燃えるような思い出があるだけで、あの日以来、唇はいちどもその肌に触れることなく、口はお尻のくすんだ色の穴をむさぼり吸うこともありません。

もう、このからだに欲情なさらないのですか？　わたしの愛撫から、かつてはあれほど快楽を得ようとしていらしたのに、もう欲していらっしゃらないのですか？　もうお飽きになったのですか？　あなたの情夫の腕にも、熱い口づけにも、なんの興も湧かないのでしょうか？

どんなに時間がたっても、わたしはずっとそのからだを欲し続けているのです！　愛も優しさもない一人寝の夜、その肌のなめらかさにどれほど苛まれるか、とうていおわかりにならないでしょう。時おりふと目覚め、傍らにあなたを求め、悲しいかな、虚しく空を摑んでいとしいその名と愛の言葉をとりとめなくつぶやいているのです。

わたしのロット、優しい情婦、こんなに愛しているのです！　いったいどんな魔術で、どんな秘密の媚薬で、この痛み悩める心を摑んでしまったのですか？　会うたびにもっと愛さずにいられなくするその目には、いったいどんな神秘の力があるのでしょう！　いまや、わたしは愛の愚かな段階に来ています。好きな人に撫でられるのを今か今かと窺い、ご主人様に褒められようとするおめでたい大型犬のような、忠犬の立場にまで我が身を貶める段階に来ているのです。

ああ、シャルル、シャルル。わたしをなんという女にしてしまったの？　せめて、どれほど愛しているかくらいはご存知なのですか？　悦んでもらうため、どんな些細な気まぐれも見逃さないよう窺っています。お気に召しそうなことを察し、先回りし、若き神の行く手を阻むあらゆる障害を、どんなに些細でも見苦しいものをとりのぞこうと腐心しているのです。十三か月も熱烈に愛し、なおも倦まず欲情するほど愛さずにはいられないなんて！

次に情事の一時間を過ごせるのはいつですか？　わたしの願いは真心込めてあなたを抱くこと、そしてもっと大きな願いは、身も心も惜しげなく捧げることです。

何日も前に約束してくださった夜まで、おそらくお会いする時間はないでしょう。もう日が迫っていますし、手紙がまにあわないかもしれないし、無理をして会うべきなのかすらわかりません。

いいえ、いとしいあなた、待ちましょう。待てば、お互いに愛も欲望も溢れんばかりで向かい合える日が来るでしょう。約束の夜を、ああ、どんなに待ち焦がれていることか！　腕に抱けたら、ロット、あなたをどれほど愛することか！　甘美で奇抜な愛撫を工夫して、陶酔させ、興奮させせますから、惜しげなくからだをあずけてくれますね？

あなたに課すのを夢見ている試練を受ける用意はありますか？　そのお尻をさしだし、血まみれの生々しい痕を残す鞭を受ける用意はありますか？　この愛撫の痛みを忘れさせてあげるため、わたしの舌も「ペニス」も疲れ知らずです。あなたの快感のためなら骨身を惜しみません。快感は押し寄せる潮のように高まり、わたしの異常性があなたのために見つけてあげた巨大な器官がその肉に突きこまれるのを見たら堪えられないでしょう。

そしてわたしにも、どんな官能の悦びを与えていただけるかはわかっています。その腕に抱かれて快楽を味わえるか疑うには、自分の愛人を知りすぎているのです。熱烈な愛撫で二人のからだが融け合うでしょう。もはや同じ一つの肉、同じ身震いとなってともに深い淵に身を投じ、再び這いあがる時はぼろぼろになっているのです。

ああ、なんと甘い光景！　二人の肉体が渾然一体となり、四肢を絡め、唇を重ね、優しさのたけを込めてはてしない口づけをする。あなたも、こんな情熱的なひとときをお望みではないのですか？

いとしい人、あなたのことで胸がいっぱいです。遠く離れ悲嘆にくれるこの陰鬱な日々、どれほど熱を込めていとしい名をつぶやいているか、知っていただけたら！　あなたの小さな写真を前に、この苦しみのたけを、悦びのたけを、そして希望も語ります。寝ても醒めても、どの瞬間にもあなたがいます。あなたを後生大事に胸に持ち運び、遠くを見据えている時、わたしがどんな夢想に耽っているかは誰にも想像できますまい。

いとしいあなた、嬉しく誇らしくお思いになってください。これほど愛されて夢のようではありませんか？　悪いことに、まだまだあなたを甘やかしたいのです。もっと多くをさしあげたいし、人生をもっとすてきで落ち着いたものにしてさしあげたいのに、乗りこえられない障壁が、二人のあいだに立ち塞がって思慮分別を強いるのです。だから、まもなくそうするように、たとえ束の間でもあなたを独占できる忍び逢いで我慢します。

ああ、いとしい人、あんなふうにそばにいてもらえるのが、どれほどの悦びだったか！　あの散歩を延長し、そのまま手に手をとってどこか遠くへ行ってしまえたらよかったのに。ああ、シャルル、苦しむのが怖いのです！　いつの日か、どんなに苦しめられることか！　いずれは一人になる時がくるのに、なぜこれほど尽くしてしまったのでしょう？

なるべく遅らせて、可愛いロット、できるかぎり遅らせてください。だって、あまりに美しかったことのすべてが消え失せてしまったら、はかりしれない悲しみに襲われるでしょうから。

さようなら、大切なあなた。また、明日。この長い手紙に返事を書いてくださいますか？　ええ、書いてくださいますね？　わたしの心を落ち着かせ、痛みを和らげるため、どうか優しいことをおっしゃってください。わたしの心を優しくつつんでくれたあの愛で、今も愛してくださっているかおっしゃってください。思いやりのたけを込めた優しいお手紙をください。だって、あなたはまだわたしを愛しているのだから。そうでしょう、可愛いロット？

シモーヌ

日曜日　夜

いとしい人、
一日中あなたのことを考えていました。やっと静かに心おきなく手紙が書けるこのひととき を、一日中待っていました。明日バンドルにお着きになったら、わたしが昨日大急ぎで書いた手紙が待っているでしょう。あなたも書いてくださいますか？　そして情熱的なお手紙を嬉しく拝読できるでしょうか？
またも一人ぼっちです。遠い、遠いところにいる愛するあなたを想っています。この先、幾日もあなたなしで生きると思うと胸が締めつけられます。悲しいし、前回のお別れから間をおかずにまたお別れですもの、あなたのことでいっぱいのこの胸にはこたえます。
どれほど愛しているか！　あなたの魅力的な幻影をふりきれず、唇からはたえずあなたの名が出かかっています。その愛撫と口づけで身も心も虜にされ、いまやわたしはあなたのもの、あなただけのものなのを、ご存知ですか？　魂をすっかり持ち去られてしまいました。なぜ、からだも持ち去ってくれなかったのですか？　わたしの悦びであるこの愛を、なぜ、また取りあげられなければならないのでしょう？

暑すぎる今夜の静寂のなかで、先日の官能的なひとときを、抱擁と愛撫をことごとく思い浮かべ、あなたへの抗いがたい欲望が湧き溢れ、心掻き乱され、血を滾らせています。煽情的な光景がありありと目に浮かび、あの狂おしい時間を再び目のあたりにしているかのようです！

まず目に浮かぶのは、あなたがお帰りになった翌日の逢引。二週間、たっぷり二週間待ちわびていました。とうとうお会いできて、この腕に抱きしめる。やっと会えたわたしのロット。つねに変わらず美しく淫らで可愛い、大好きな愛人。わたしたちは狂ったように熱烈に抱き合う。固く絡めた肉体は同じ戦慄と快感にわななく。

最高のひとときはなんといってもわたしのオフィスで落ち合った時です。胸を高鳴らせ、あなたが来るのを窺い、ほどなくして、あなたを腕に抱き唇を重ねる。さっそくあなたの前に跪き、勃起したペニスにむしゃぶりついて激しく吸う。あなたが好きなこの愛撫を精一杯してさしあげる。甘噛みすると悦んでもらえるのがわかる。だって、歯に触れたペニスがわないて、じっとしていないから。もう硬く、とても硬くなっているすてきなおもちゃを眺める。ご自分のペニスがとても美しいことを、そしてわたしがそれを愛していることを、ご存知ですか？

わたしの手紙によってあなたの欲望の聖なる火が燃え続け、もっと優しくもっと激しいあなたに再会できますように。

明日、長いお手紙がいただけたら、すぐに返事を書きます。あなたへの愛を、遠く離れてどれほど孤独で悲しいかを、一日も欠かさずお伝えしたいのです。たえずあなたを想い、二人の美しい情事を頭のなかで反芻しています。

さようなら、大切なあなた。口づけするから、どうか、唇をさしだして。それに、すばらしい目もさしだしてください。

大好きです。どうか毎日お手紙を書いてください。

シモーヌ

木曜日　夜九時半

わたしの可愛いロット、
今日三時の便で火曜付の長いお手紙が届きましたが、すぐに返信を書けませんでした。それで今、わたしの小部屋でこれを書いていますが、ドアを閉め、目の前にいとしいあなたの写真を置いていますから、心おきなくわたしの裸を眺められるでしょう。というのも、何も身につけていないのです。それほど酷い暑さです。
お手紙を興味深く拝読しましたが、ここにあった二つのご質問に絶対の率直さでお答えします。
可愛いロット、あなたと出会う前に女の愛人がいたことはありません。でも、求めたことがないと言えば嘘になります。優しく愛してくれる温和な女《ひと》、そして、彼女にしてほしい激しい愛撫を、わたしもまちがいなく返してあげられる相手を夢見ていました。そんな情事をいつも土壇場で、漠とした良心の咎め、漠とした偏見に引きとめられて躊躇し、自重していました。

清く正しい過去を悔やむべきでしょうか？　とんでもありません。だって、だからこそ今、こう言えるのですから。「可愛いロット、わたしの唯一人の情婦、人生唯一の罪、待望していた倒錯的快感をくださるあなたをずっと手放さない」

あなたは瞠目すべき「情婦」となって、このうえない悦びをもたらしてくれます。いつの日か倦怠が訪れ、あなたから心が離れ、別の女性を求めだすのを恐れていらっしゃるのなら、もっと激しく愛してくだされぱよいのです。あなたしか眼中になく、もう離れられません。わたしの倒錯も、好みの愛撫も、すべて知りつくしていらっしゃるでしょう。あなたは巧みな情婦で、ほかのどんな情婦よりも大きな快楽をもたらしてくれるのですから、どうか安心なさって。可愛いあなた、夢をすべて叶えてくれて、大好きです。

二番目の質問にはどうお答えしてよいかわかりません。当惑しています。たしかに淫蕩の場面にあなたと立ち会うこと、互いの恥部を吸い合う女性やありえない体位で交わる男女を見ることに心惹かれないわけではありません。なぜなら、そんな猥褻な光景を見たら、二人とも興奮してどんな狂態を演じることになるか、わかるからです。

でも、そんな新手の興奮剤が本当にわたしたちに必要でしょうか。そうは思いません。もうさんざん狂態を演じてきたわたしたちですもの、そのような場面はおおよそ想像がつくのではないでしょうか。何を学べるでしょう？　たぶん何も得るものはありません。

でも、あなたがお望みならおっしゃってください。見に行かれるなら、言うまでもなくわたしと行きたいのでしょう？　だって、一人か、別の女性を連れて行こうとしていらっしゃるとは思えませんもの。わたしたちは熱狂に憑かれてどこまで行ってしまうのでしょう。

いいえ、ロット、奇抜な夢想を責めたりしません。ますますいとしく思います。ただ気に懸かるのは、その夢に別の欲望が潜んでいるのではないかということです。あなた同様、わたしは二人のあいだに他人が介入するのは耐えられないでしょう。合法的な所有者とあなたの肉体を分かち合うのさえ耐えがたいのです。このうえ、あなたをほかの女性にゆだねなければならなくなったら、どうすればいいのでしょう？


ちょうどお訊ねしたかったのですが、わたしがあなたの最初の情夫だと答えてくださいました。それが本当なら、お尻のなかに男根を欲するその異常な嗜好はどこから来たのでしょう？　わたしがそこまで堕落させたとも、それほど大きな影響を及ぼせるとも思えません。

いずれにせよ、激しさも倒錯も含めて、あるがままのあなたを愛しています。だから、激しく肛門を穿てるようにその美しいお尻をさしだしてください。わたしも唯一残るおもちゃを手に入れたいのですが、どこでどうして入手できるものなのか？　可愛いロット、何かご存知ありませんか？　たぶん今ある手段で満足するよりほかないのでしょう。それで十分にすばらしいですものね。

お帰りになったら、いやらしいあなたのお尻にどんなふうにペニスを突きさすか、おわかりいただけるでしょう。悲鳴をあげても憐れみをかけず、二つのうち太いほうがその肉の奥へ深々と入るでしょう。二回、三回、あなたの力が続くかぎり、そうやって肛門を穿ってさしあげます。だってそれがあなたの狂った欲望ですし、可愛いロット、全身で感じてくださるのを見るのがわたしの大きな悦びなのですもの。

あなたのお尻がわたしの器官を迎えにくる。わななき、波打ち、突けば突くほど、あなたはわたしのものになる。迎えて、可愛いあなた、迎えいれてください。わたしの巨大なペニスが悦ばせてあげるから、求めにいらして。いいでしょう、そう言いなさい。いやらしい人。このセックスが心底お好きなのね！

そうよ、あなたは肛門を穿たれるのに目がない可愛い変態。でもわたしがついていて、好きなだけしてさしあげます。ほかの男によそ見をしないといいのだけど。そうなったらもう終わりです。だって、あなたと同じく、わたしもあなたを絶対的に独占したいのですもの。

そもそも、あなたがあのひとと快楽をともに味わうことを考えて、どうしてもっと憤慨しないでいられるのか不思議なくらいです。あなたがあの方に与えるのは、わたしから横取りしたもの。それにひきかえ、わたしはすべて大事にとっておき、あなたにさしあげるのです。

これが公平ですか？　なぜあなたは自由の身ではないのですか？

ええ、そうです。いまやあなたにセックスされるのが無上の悦びなのです。関係を持った当初、そんな凡庸な抱かれ方はされたくありませんでしたが、現時点では情事に魅力をくわえてくれます。あなたはすばらしい愛人です。なぜかあなたとなら、ただペニスがヴァギナの奥にあるだけで狂ったように達するのです。ただ厭なのは、そのまま射精されること。だって、平凡な愛人のレベルに堕ちてしまいますもの。ただ休みなく貫いてほしいのです。

どんな体位が好みなのか、自分でもわかりません。そう、跪くとペニスをよりよく迎えられ、同時にお尻を撫でてもらうことも鞭打たれることもできます。でも、お腹とお腹を合わせるほうが、あなたをずっとよく抱擁できるし、ヴァギナに出入りするペニスが見えて、もっと興奮させられます。あなたの腰に腕をまわせばより固く結ばれ、あなたが欲望を抑えられるかぎり何度でもわたしをいかせ、そのあと、どこでもお好きなところにペニスを入れて狂おしく射精するのです。

大切なあなた、もう久しく一緒に果てていません！　わたしだってもう限界です。あなたを待ち焦がれています。あと五日たてば、抱かれ、抱くことができる。そう願っています。

ああ、いとしい女《ひと》、どれほどあなたが欲しいか！　可愛くて甘美な情婦、あなたの激しい愛撫をどれほど必要としているか！　早く来て、股のあいだに頭をうずめ、休みなくヴァギナを舐めてください。愛液を吸いつくし、口うつしに味わわせてください。わたしはペニスを吸い、お尻に口づけし、睾丸を撫でたい。そして何より、あなたの肛門を穿ちたい。何度でもいつまでも肛門を穿ちたい。お尻をよこして。さあ、かかるわよ。穴のなかにわたしの槍を感じる？　猛然と挿入し、穴のまわりの皮膚を舐めてあげる。もっと、もっと、さあ感じてちょうだい。

十七日の火曜にお会いできればと思います。時間は電話でお伝えします。たぶん午後、時間はなんとも言えませんが、おそらく五時ごろ。できるだけのことはしますが、このさき二週間は引越しのため、なかなか抜けだせなくなります。とはいえ、絶望するのはやめましょう。それに、この冬はずっと会えるではありませんか？　毎週一時間か二時間お会いできるなら、困難などなんでもありません！　二人の愛は不在にすら持ちこたえるほど強固ではありませんか？　気が狂うほど愛していて、身も心もあなたのものだと、ご存知ですね？

大切な方、お望みなだけおそばにおいてください。夢のような愛撫で決定的に繋ぎとめられてしまいました。大好きです。可愛いロット、もう遅くなりました。おやすみなさい。あなたのことをつよく想いながら眠りに就きます。全身をゆだねます。抱いてください。激しいセックスで二人はぼろぼろになっても永遠に結ばれるのです。

では明日また書きます。愛らしい唇に口づけします。(*1)

シモーヌ

(*1) シモーヌはここでレズビアン的傾向を告白している。一九二九年のフランスにおいて、これは特異な嗜好だったのだろうか?

実は女性同性愛は、フランス全土ではないにせよ、少なくともパリ、しかもまちがいなく富裕階層には、広く普及していただけでなく非常に流行してもいた。このような状況は、第一次世界大戦直後の爆発的な享楽主義によるもので、ヨーロッパ全土、とりわけベルリンではパリよりも顕著に見られた。

何万人もの若者が戦死していた。男たちが前線で戦っているあいだ工場や農場で男並みに働いていた女性たちは、男性と同等の権利と自由を求めた。女性解放の運動はその後一世紀にわたって続くが、その最初の兆しが現われたのが、この恋文の時代にあたる。

一九二二年、ヴィクトル・マルグリットの小説『ラ・ギャルソンヌ』が出版されている。主人公の若い女性はボーイッシュかつ叛逆的な、二〇年代を象徴する人物だった。彼女は同性愛者というわけではないが、女らしさを却下し、敢えて男性的にふるまう。女性の服飾としてパンツ、ジャケット、ネクタイが登場するのもこの頃である。スカートの丈は数年足らずでくるぶしから膝頭まで短くなり、髪も短く切られるようになった。この流行の波はシャネルを筆頭とする有名デザイナーらも乗って、第二次世界大戦まで続くことになる。

当時のパリには、有名な「モノクル」などの女性専用クラブが多数存在した。男性同性愛者は依然として社会から排斥されていたのに対し、女性同性愛者は迫害にあわなかったため結束する必要にも迫られず、「レズビアンとしてのアイデンティティ」が問題にされることもなかっただろう。そもそも同性に惹かれる女性の多くは「レズビアン」という用語すら知らなかったか、少なくともそのように自称することはなかったようだ。

そんなわけで、シモーヌの記述にもこの用語が見られない。このような「嗜好」を持つ女性たちにはプルーストもしばしば言及しているが、彼女らには模範となるような著名女性が身近に多く存在していた。例えばパリで活躍していたアメリカ人女性、ガートルード・スタインの影響力は、同時代の知識人層にも及んでいた。

このようなわけで、シモーヌが愛人に自分のさらなる「倒錯的嗜好」を悪びれず告げているのが理解できるのである

土曜日　午前

いとしい方、

今朝、木曜付のお手紙を落手しました。昨日の午後はオフィスに戻らなかったのです。わたしが木曜に投函した手紙も、ナルボンヌのあなたのもとに届いているとよいのですが。四枚にわたるお手紙を読み、幸せな気持ちに満たされています。わたしたちの熱烈な情事をことごとく描写する時のあなたが好きです。

これが別離でなければ、バンドルにもっと頻繁に行っていただいてもいいくらいです。そちらでは他人の影響にも、わたし以外の誰かの愛撫にもさらされる心配がなく、あなたはすべてわたしのものですもの。熱烈に愛されているのを感じられて幸せですし、手紙であなたの心を掻き乱し、欲望をいやましに高めているのがわかります。それに、わたしがどれだけ思いやりを込めて書いているか、お気づきのはずです。あなた同様、わたしのいくばくかがあなたのもとに届くよう、心のままに書き綴っているのです。あなたからのお手紙も心待ちにしています。書き送っていただくお手紙を読むのは何ものにもかえがたい悦びです。

でも今日は、可愛いロット、あなたを叱らなければなりません。わたしがまだ理想の情婦を追い続けているだなんて、一体どうしてそんなおかしな考えを持てるのですか？　この愛情があなただけに向けられているのを、どうしてお疑いになるのですか？　望みうるどんな淫らな情婦にも、あなたの存在が勝るのをご存知ないのですか？　あなたに抱かれ、どれほど濃密な時を過ごし、それがいつまでも頭から離れないのをご存知ないのですか？

可愛いロット、あなたがこれほど巧みにしてくださる愛撫を、どうしてほかの女性に、たとえそれがどんなに美しい人でも、求めたりするでしょうか？　熱い唇で蕾を捕らえられる時、吸われ舐められる時、たちまち愛液がその口に怒濤のように流れこむのを、ご存知のはずではありませんか？　あなたが与えてくれるこのうえない快感が、わたしの目から読みとれないのですか？

言葉では言いつくせない快楽をもたらし、常軌を逸したわたしの夢を実現してくれるのはあなたです。いいえ。ほかの女性のためにあなたと別れるはずがありません。ほかの女性にわたしの恥部をゆだねることなどありえません。だってあなたがいとしすぎて、そんなことは一瞬だって考えられないのですから。惜しげなくすべてをゆだねていることはご存知でしょう。その優しさでつつみ続け、変わらぬ愛撫をくださるなら、これからも長く一緒にいられるでしょう。わたしの望みは唯一つ、あの秘密の部屋で落ち合い、あなたに抱かれ、求められるまま愛の証を休みなく捧げることです。

どんな狂おしい愛撫を夢見ていらっしゃるのか、今はわかっています。お戻りになったら、この前の木曜にわたしのオフィスでした行為をしてさしあげます。

わたしの大好きな見事なお尻をさしだしてちょうだい。巧みな口づけで準備したあと、くすみ色の小さな穴に、わたしの一番太いペニスをさしこむ。張りつめた肌が光る。舌にはうってつけの場所！ ペニスで肛門を穿ちつつ器用な舌で穴のまわりの皮膚を舐めてさしあげます。倒錯的な愛撫にあなたは奇妙に身を震わせ、わたしに握られたあなたのペニスが硬く張りつめる。いとしいあなた、こんなふうに愛してほしい？ 早く、そうおっしゃって。

わたしとやりたいと言われるほど嬉しいことはありません。二人ともどうしようもない好き者ですね。ついに二人の倒錯を合わせて最高の悦びを得られるようになり、これからも濃密な時を過ごせることでしょう。


たった今、タラスコンから投函された金曜付のお手紙が届きました。なんと嬉しい驚きでしょう！ けれど、またしても耐えがたい考えを蒸し返すのですね。だって別の情婦が欲しいのはあなたのほうではないかと勘ぐってしまいますもの。

あなたの目前で、わたしが女性に抱かれ、恥部を吸われるところをご覧になりたいのかしら。それほどまでに心掻き乱されるなんて、その願望はそうとうな快楽をもたらしてくれるようですね。わたしが別の女性に愛撫され快楽に身をよじるのが、あなたをそれほど悦ばせるのですか、シャルル？　ベッドで別の女性と抱き合って、あなたにしてあげるのと同じ愛撫をしているところを想像するのですか？　その女性を太腿のあいだに受けいれ、彼女の口に愛液を放出するところを想像するのですか？

どれほど言われようと、その倒錯を満足させてあげられるのか心もとありません。三人での戯れを楽しめるのですか？　二人のあいだに、ほかの女性を受けいれられるのですか？　わたしは耐えられません。本当です。とうていできません。率直に答えてください。どういうわけで、そのような話を持ちだすのか知りたいのです。

何度も言いますが、わたしにはあなたがすべて、わたしを満足させてくれるのはあなたよりほかにいないのです。あなたのような舌とペニスをあわせ持つ情婦など、どこにいるでしょう？　いいえ、ほかの男などいりません。別れないで。わたしの倒錯の度がたりなくて快楽を得られないなら、そうおっしゃって。もっと倒錯的になるように努めますが、あなたを失うのも、さらにほかの女性と分かちあうのも厭です。あなたの目の前で、ほかの女性と愛し合うなど、とうていできません。ああ、一体なんという考えでしょう！

お帰りになって、わたしが自由になり次第、すぐに会ってください。その時には、いとしい人、あなたをどんなに激しく愛することか。一番太いわたしのペニスを美しいお尻に突きさし、ペニスと睾丸を息もつかずにしゃぶり、強烈にいかせます。ああ、夢のようなそのからだを抱き、全身に熱いキスの雨を降らせ、肌と肌を密着させたい。

はてしなく抱き続けて、ロット、こうしてわたしは激しい情夫になります。三人目の情婦の役は二人で果たせるでしょう。ヴァギナを吸ってちょうだい。同時に、ペニスを吸ってあげる。肛門を穿ってちょうだい。同時に、あなたの肛門を穿ってあげる。わたしたちにならできるでしょう?

仰向けのあなたの目の前に、わたしのお尻とヴァギナをさしだします。わたしのお尻の割れ目にあの太いペニスを突き立てながら、唇で蕾を捕らえるのです。わたしはあなたの股間に顔をうずめて腹這いになり、ペニスをしゃぶりながら肛門を穿ち、二人一緒に狂ったようにオルガズムに達するのです。ほかに何が必要だと言うのですか?

その肉欲を支配するのはまだわたし一人だと、わたしに愛撫されるのが悦びだと、早く書いてください。奇妙な質問でわたしの愛を試そうとしただけだと早く書いてください。それから、書くのは真実だけにしてください。

月曜までにお手紙を書こうと思いますが、今夜わたしたちはパリに戻ります。あなたがナルボンヌに到着次第、一通はお受け取りになるでしょう。急いでお手紙を書いてください。

どうか、お願いです。

ではまた。熱烈な愛撫を隅々に。

あなたのシモーヌ

土曜日　夜

可愛いロット、

夕方五時にオフィスに寄ると、嬉しいことに木曜付のお手紙が届いていました。ナルボンヌのあなたのもとにも分厚い手紙が届き、先日の落胆を帳消しにしてくれることでしょう。お手紙を心待ちにしています。だって、もうじき戻っていらっしゃること、ようやく、はかりしれないこの愛情を証明できることを告げる手紙なのですから。

ああ、やめて、いとしい人。二人のあいだに他人の入る余地はまったくありません。さらに二人の愛人の狂おしい存在を実現させたではありませんか（*1）？　二人がともに味わった歓喜を、どうして他人と分かち合うのですか？　さらに誰かを愛するですって？　ああ、そんなことできるはずがありません。

あなたがあまりにも深く、この肉体のみならず魂にも深く根をおろし、あなたの色に染まっていないものは何も思い浮かばないくらいです。あなたに絶対的な深い情熱を捧げ、あなたの愛を守るためだけにわたしは生きていると言っているのに、わかってくださらないのですか？　あなたも同じだけ愛してくださるなら、この美しい愛は続くのでしょうけれど……。でも、あなたの愛はそれほど大きいのでしょうか？

あなたの人生に女性はわたし一人ではない、それはわかっています。あなたはいつも愛撫と口づけを分配しなければならない。それがどれほどのことか。だって、あなたの肉欲にとっても魂にとっても、唯一の愛の対象とはなりえないのですから。

わたしと同じだけ愛してくださったら、ほかの唇の愛撫も単なる肌の接触すら受けいれられないはず。不可能なはずなのに、あなたはいつか告白しましたね。わたし以外の誰かの腕に抱かれて快楽をおぼえると。たいした快楽ではないかもしれませんが、それでもわたし以外の誰かの愛撫で快感をおぼえるとおっしゃる。それを、どうしても考えずにはいられないし、それでどんなに苦しめられているか、あなたには想像もつかないでしょう。

わたしのロット、これほど狂おしく愛していなければ、あなたの妻の存在に耐えられたでしょうか？　出会った時、あなたは自由の身ではありませんでした。それでも愛人になることを受けいれたのです。

実はあの頃、あなたの妻のことは考えていませんでした。でも、この一年と三か月、あなた一筋になり、そのからだのすばらしさをより深く知るようになってからは、この状態をわりきって受けいれられずにいます。つねに二人のあいだにあのひとの存在を感じるのです。彼女の地位を奪うことはとうていできない。あなたを繋ぎとめる最後の束縛、そしてどうしても打ち勝てない相手なのです。

シャルル、こんな状況を無理に受けいれ、のたうち苦しむほど、愛しているのです。あなたと一緒にいるには、あのひとの存在に耐え苦しむしかない。さもなくば、苦しまずにあなたを諦めるか。でもわたしは、あなたを手放さず苦しむほうをとるのです。あなたならそこまでしますか？　口で言うほど愛してくださるなら、別の男にわたしのからだを弄ばせたくないくらい愛してくださるなら、わたしの嘆きをわかってくれなければなりません。

可愛いロット、愛しているとわかってくださいましたか？　こうしていつまでも一緒にいることだけが願いなのだと、わかっていただけましたか？

そう、あなたが本当に女だと錯覚させて興奮させてほしいのです。暗い部屋で、実に小さなその乳首、無垢な胸に触れるだけで、すでに同性のような気がします。お腹、そして腰すら、魅力的な女のそれのようで、肌は柔らかく夢見ごこちにさせてくれる。そして比類のない激しさでヴァギナをしゃぶられると、何もかも忘れ、完全に身をゆだねてしまう。そう、あなたは理想の熱い情婦、しかも柔順な生徒です。でも、新しい試みをしたくはない？　その股間のペニスと睾丸を消すのです。下腹に茶色い縮れ毛があるだけの完全な女となる。そこに愛を込めて、情婦のヴァギナにするようにわたしが口をおしあてます。

ああ、大好きなロット、あなたの熱く激しい愛撫をどんなに待ち焦がれているか！ その官能的なからだを腕に抱きしめ、すべすべの肌の熱で心を温めてほしい。早く、ヴァギナの奥底を舌で愛撫され幸福で気絶したい。あなたの美しいペニスがヴァギナに、お尻に、口に、乳房の隙間に突き立てられるのを夢見ています。そう、あなたもそうしたい？ あなたに抱かれて味わう無数の恍惚を思い、全身が震えます。わたしたちの小さな部屋は狂乱の宴に立ち会うことになるでしょう。だって、これほど長い不在のあと、どんな狂態を演じるかわかりませんもの。残酷なおあずけ、強いられた貞操に報復するのです。

そう、二人とも救いがたく好色だけど、同時にどれほどの悦びを味わってきたことか！ この一年三か月、あらゆる倒錯的な愛撫を試し、冷静沈着に倒錯の階級を昇り続けているのですから、情事の秘密でわたしたちがまだ知らないことは何もないのではないかしら。学ぶことはもう何もないのではないかしら。

たぶんこれ以上のことは何もないでしょう。ただし、それまでにあなたに説得され、わたしたちの戯れに加わって一肌脱ぐ魅力的な女性が現われたら話は別ですが。

でも、あなた同様に激しく、あなたの欲求不満を満たしてくれる男を、わたしが見つけないともかぎりませんね？　あなたの肛門を穿ってくれるか、わたしがしゃぶってあげられるような立派なものをそなえた美男子。あなたのお気に召すのではないかしら、ロット？　どう、検討なさりたい？　わたしは女性よりもその方が心惹かれます。だって、同時にあなたに肛門を穿ってもらえるでしょう。そうすれば、あなたの快感も二倍になるのではないかしら？

とはいえ、今はまだその段階に来ていないことを願います。だって、それは二人の愛の終わりではないでしょうか。二人のどちらかが別の愛人を欲したら、わたしたちの情熱は消えたということ。わたしたちは二人で満足していると、すくなくともわたしは思うから。

ともかく火曜は、たぶん狂おしく愛し合える、そう思うと欲情で全身が震えます。ああ、ロット、これほど長い不在のあと、悦びを断たれ激化した肉欲をかかえて再会したら、どんなにすばらしいか。夢のような一時間となるでしょう。早くあなたのペニスをヴァギナに、舌を蕾に感じたくてうずうずしています。それに、あなたのお尻の穴を息が切れるまでしゃぶり、とりわけわたしの槍をそのお尻の割れ目に狂ったように突き立てたくてうずうずしています。

それでは、火曜に。十一時半頃オフィスにお電話します。その数時間後に、あの小部屋で落ち合い、一時間情熱的に愛し合えることを心待ちにしています。

さようなら、かけがえのないわたしの可愛いロット。もう別の女性を引き入れる話はしないで。聞きたくありません。わたしが欲しいのは、ヴァギナにあなたの柔らかい口づけと、お尻の穴に美しいペニス。

あなたは、立派なペニスを持つ情夫が欲しい？　あなたに夢中な今の情夫ではもう飽きたりないのですか？

では火曜に。休みなくわたしを貫き、肛門を穿てるほど、睾丸が充実し、ペニスが勃起していますように。大好きです。

シモーヌ

（*1）シモーヌはここで二つの「補助具」のことを言っている。

水曜日　五時

大好きなあなた、
わたしがこれを書いている今頃はニースに到着されていることでしょう。快適なご旅行でしたら良いのですが。
そしてわたしは一人ぼっち、絶望的なまでに一人ぼっちで、雨空のもと憐れな心を凍りつかせています！

すでに気が滅入っているところへ、今朝はつらい使命を果たさなければなりませんでした。友人（あなたもご存知の「ターバンの女」）に付き添って墓地へ行ったのです。十年来のおつきあいの大事な方を喪ったのです。最期の別れを告げるのに「別の女性」（悲しいかな、やはり「別の女性」がいらしたのです）が墓を立ち去るまで待たなければなりませんでした！可哀想な女ともだちを支えるという陰鬱な使命。
それにしても、愛を捧げるあなたがたの人生の影で暮らす、わたしたち愛人のなんというつらい立場！　陽気になれなくて当然でしょう！　わたしも彼女のように苦しむことになったら、どうしたらよいのでしょう！

いとしい人、たとえ一週間とはいえ、どうして行ってしまったのですか！　不在がどれほどの虚無をあとに残すか、おわかりにならないのですか！　たえずお伝えしているから、愛しているのはご存知のくせに！

昨日もまた結ばれました！　例によってドアを閉めるのももどかしく、鎮まることのないいつもの欲望でお互いに身をゆだねました。昨日はいとしいそのからだを腕に抱いたのに！　憶えていらっしゃいますか？　わたしの手紙をむさぼり読んでいらして、滾る欲望にもうペニスを屹立させていました。わたしは優しく口をあて、敏捷な舌を睾丸からピンク色の亀頭まで駆け巡らせました。男根じゅうくまなく口づけすると、あなたは身も世もなく勃起していらした。それから大好きなそのお尻の穴に、この豊かな乳房の先端を挿入するという大それた挙にでたのでした！　乳首であなたの肛門を愛撫すると、くすんだ色の肉のなかに呑みこまれていく感じすらしました！　舌もさし入れると、あなたは肉をわななかせ、もういきかけていました！　ペニスをわたしの乳房で捕らえ、温かい肉の首輪をしてあげると、あなたは寄せた乳房の隙間でしごき、わたしは噴き出した精液を浴び、乳房に塗りひろげました！　それを見ていたあなたの恍惚としたまなざし！

あの新しい快感の感想を早く聞かせてください！　十分に堪能されましたか？　丸々とした乳房のあいだからピンク色の亀頭がのぞく光景は十分「卑猥」だったか教えてください！　それに精液が溢れ出る瞬間、あなたの耽溺した目に浮かんだあの輝き！　どんなセックスがお好みかおっしゃってください！　今ではもうたくさんご存知なのですから！

わたしの喉の奥でいき、お尻の穴で射精し、わたしの目の前でマスターベーションをなさって精液を全身に浴びせもしましたね。それに昨日、初めて試した新しい手法は――わたしの見たところ――お気に召したのでしょう！　次回はどんなセックスがお望みですか？　大切なあなた、おっしゃってください！

あなたから、その腕から、遠く離れ、またも絶望的な一週間を過ごさなければなりません！　毎晩、傍らにあなたの存在を感じることなく、一人で家路につくことを思うと気が滅入ります！　毎日お顔を見るのに慣れっこになっていたので、お会いできず途方にくれています！　気が塞いでならないので、今日は急いで帰宅するつもりです。家の奥にこもり、あなたからのお手紙を待ちつつ、最近届いた二通を読み返します！

愛するあなた、どうか捨てないで、見放さないで。これほど身も心も捧げているのをご存知なら、わたしの孤独もおわかりのはずなのに！　わたしにはあなたがすべて。ほかに何を愛せるというのでしょう。いつまでも不変の愛で愛してくださると誓ってください！

ゆうべは別れの悲しみにもかかわらず、お見送りさせてもらえて嬉しゅうございました。最後のキス、最後の一瞥、最後の身ぶりはわたしに向けられたではありませんか？

ああ！　どんなに愛しているか。これほどの愛がいつか終わるなど不可能です。あなたは永久にこの魂のなかにいるのです。だって生まれて初めての愛、真実の愛なのですもの！あなたを知る前のことなど取るにたりません。あなたの後？　ああ！　それは考えないでおきましょう。いつの日か決定的な言葉を告げられたら、つき落とされる絶望の深淵ははかりしれず、震えあがってしまいます。そう、決定はあなたが下すのです。あなたが苦しまなければ、わたしも未練はすくないでしょう。男の人は苦しむのかしら？　そんなことはないわね。

けれども、わたしにとっては恐ろしいことでしょう！　ああ、早くお戻りになって、夢のようなセックスをしてください。このからだを愛撫でのけぞらせ、休みなく貫いてください！待っています。ベッドの上で裸になって昨日のように脚をひろげています。早く来て、抱いてください！　ああ！　そう、これがいいの。太いペニスをヴァギナの奥に感じます。いかせて、いかせてください。愛液をペニスに出しつくすわよ、薄情なあなた！　いい？　いいのか、おっしゃってください。

ああ！　このセックスの強烈さは何ものにも及びません。一年四か月ものあいだ見向きもせずにいたなんて！　でも無駄にした時間は取り戻してくださいますね。これからはこのやり方で愛してくださいますね！

　もうすぐ、とても長いお手紙がいただけることと思います！　わたしを愛しているのだから心のままに書き綴って！　甘く思いやりに満ちたその言葉がどれほど魅力的か、お手紙を読むのがどれほどの悦びかはご存知でしょう。あなたにとってわたしは何なのか、この淫らなからだを貫く時、どんな快楽をおぼえるのか書いてください。わたしが一番上手にしてさしあげられるのはどの愛撫ですか？

　明日も必ずお手紙を書きますし、おそらく土曜日にはあなたのお手紙が届いていて、返信を書けるでしょう！　お帰りはいつか教えてください。そして、お迎えに行けるよう到着の時刻を教えていただけたら、それほど嬉しいことはありません！

　出発の悲しみを許してくださったのだから、到着の悦びも許してはくださらない？　さようなら、いとしい方。この辺で筆をおきます。では、明日！　今夜、眠る前にわたしのお尻を一瞥してくれますか？　早くお会いしたくてたまりません。できるだけ早くお帰りになってください。それから、一通でも二通でもお手紙をください。孤独なのです！

　すばらしいそのからだの隅々に激しいキスの雨を降らせます。せめてあと一週間は浮気をせず、お行儀よくしていらして!!!

いとしい方、あなたに夢中です。

シモーヌ

月曜日　四時半

わたしの大切な恋人、
あと二時間でとうとうお会いできます。いとしい唇に激しく口づけしたくてじりじりしているのに、離れていると時間がなかなかたってくれません。

朝から奇妙に心を掻き乱されています。というのも、目が覚めてから、昨夜の悩ましい夢のことが頭から離れないのです。

どんな夢かというと……。

わたしとあなた、それに若い男が広大なアパルトマンにいました。三人とも裸でシャンパンを呷《あお》っていました。あなたは優しく愛撫してくれながら、お尻を朋輩に激しくしゃぶられ、猛る欲望にペニスを勃たせていました。ふいに、あなたはクッションの山の上に身を伸ばし、ペニスを男にしゃぶられ、彼のペニスはわたしが力いっぱいしごいていました。あなたはわたしの股に顔をうずめ、愛液を飲みつくしました。

そのあと、男に愛撫を返すのはあなたでした。見事なペニスがあなたの唇のあいだに呑みこまれていき、わたしはさっき男にしたのと同様に力いっぱいあなたのペニスをしごき、もう片方の手でヴァギナを弄っていました。

それから、男とわたしで、どちらがあなたをいかせられるか賭けをしました。二人のうちどちらが巧みにできるか？　すると、信じられない光景がくりひろげられたのです。若い朋輩は硬くなったペニスをあなたのお尻に突きさしました。あなたが男に肛門を穿たれたのです。嫉妬に狂いそうでしたが、あなたは男の粗っぽい愛撫では快感に達せずにいました。

その時、テーブルの下の巨大な張り形が目にはいり、わたしはそれを摑んで、すかさずあなたの肛門を穿ちました。下腹をそのお尻にきつくおしつけ、巨大な器官を穴に突きこみ、片手であなたのペニスをしごきました。あなたは奇妙にからだを震わせ、やめてほしいとは言いませんでした。こうして二度三度とあなたを貫き、やがて、あなたは茫然と寝椅子に倒れこみました。

目覚めた時はこの気違いじみた夢にすっかり取り乱し、その後もついつい考えてしまいます。実現させたいと思いますが、いつできるのでしょうか？　今夜、話し合ってみませんか？　あなたに夢中です。では、のちほど。でも、あなたのお尻は独り占めして、ほかの誰にもゆずりたくない……あなたがどうしてもそれを望むなら、話は別ですが！

シモーヌ

一九二九年十一月十四日
木曜日（*1）

大きな愛を捧げる方、

まずはあなたに許してもらわなければ、そして今朝のお手紙を破棄していただかなくてはなりません。心ならず爆発させてしまった馬鹿げた嫉妬の痕跡を残しておきたくないのです。もう困惑させたくありません。万が一、この苦しみが再燃しても、心の嘆きをお聞かせすることなく、わたしを蝕むこの病から立ち直ったと信じてもらえる日が来るでしょう。

そうです。あなたを信頼し、その愛を信じ、お願いすることは唯一つ。優しい愛撫、狂おしいセックスはわたしのためにとっておいて、この腕のなかでは、わたしが自分だけのために創造した淫らで情熱的な愛人でいてほしいのです。

あなたに夢中で、あなたが人生のすべてだから、このからだが別の誰かの愛撫を知ることは絶対にありません。愛してくださるかぎりあなたのものでいると誓います。

とうとう明日は結ばれ、二人を幸福の絶頂にのぼりつめさせ打ちひしぐあのセックスで一つに融け合えるのですね？　あなたの肉体への欲望が抑えがたく、かつてないほど猛烈に愛したいのです。何日も会えず肉欲は激昂し、明日は熾烈な欲望に翻弄されるまま、あなたの上に頽《くずお》れるでしょう。あなたもその美しいからだをゆだねてください。二週間も眺められなかったのですもの、狂おしいキスの雨を降らせたくてうずうずしています。

驚異のひとときをどのように締めくくるかはまったく考えていません。どのように射精なさりたい？　乳房を寄せてペニスを温かく迎えてあげる？　精液を飲んでほしい？　それとも、淫らで可愛い女の肛門を穿つ？　でなければ、わたしの前でマスターベーションをなさって、痺れるこのからだをどろりとした熱い精液まみれになさりたい？

一時間の狂おしいセックスのあとの二人の余力にすべてがかかっているのだから、最後の愛撫など予想もできなければ、何かをあらかじめ決めておくこともできません。二人とも疲労困憊するでしょうけれど、わたしには狂ったように射精させてあげる力は残っているでしょう。乳房のあいだ、口、それとも肛門、どこで受けいれてほしいか言ってくだされば、惜しげなくゆだねます。

シャルル、あなたの欲望がむかしのまま鮮烈で、わたしに抱かれて歓喜に酔い痴れているのだと証明なさりたいなら、つよく愛してくれなくてはなりません。

思うさま射精させてあげたくて、逢引が待ち遠しくてなりません。自分でもこれほど淫らになったことはなく、あなたをこれほど無性に欲したこともありません。明日、思い知らされることでしょう。

　思い出してください。いつか、狂おしく愛し合った小部屋でこの手紙を書きながら、慎みのない指で股間の蕾を愛撫すると、膨らんでオルガズム寸前です。はかりしれない恍惚感に襲われ、蕾を膨らませる愛液を明日のあなたに取っておきたいなら手をとめなければ。その巧みな舌で噴き出させ、ペニスが奥まで一滴残らずすくいとってくださるでしょう？　猛々しくセックスされる時のペニスの夢のような感触を思うと、脚がひとりでに開きます。ああ、愛しています。あなたはかけがえのない愛人。いつまでも、いつまでも一緒にいたい。

　では、夕方お目にかかりますが、とりわけ明日を楽しみにしています。あなたに夢中です。しっかりセックスしてください。

シモーヌ

（*1）この手紙には例外的に日付（一九二九年十一月十四日）が記されているが、これは記念日のためである。

　シモーヌはシャルルとの関係が始まって一年半の節目を祝っているが、二人の出会いが一九二八年六月十四日だったことはほかの手紙からも推測できる。脆いものとわかっているこの関係に、どれだけの時間が捧げられたかを彼女が非常に重視していることが、ここに示されている。

ヨーロッパを渾沌に陥れ、人類を第二次世界大戦へ向かわせることになる一九二九年の世界恐慌が、ちょうど三週間前に起きたところだが、シモーヌは意に介していない。彼女の関心はもっぱらシャルルとの関係にあり、彼女の生活について書簡からは身を焦がすこの情熱に関わる断片しか窺い知ることができない。

木曜日　十時

愛するあなた、
ゆうべ、あなたの前でそそくさと目を走らせたお手紙を読み返し、感動していると言っても驚かれないでしょう。あなたの言葉に秘められた倒錯と情熱にあらためて気づき、欲情に火がついて、遅くまで寝つかれませんでした。

あいにく、今の部屋では思うままふるまえず、猛り狂う肉欲をなだめることがかないませんでした。でもだからこそ、明日はたまりにたまった精力をすべてあなたに注げるし、あなたが激しい愛撫で死ぬほどの快感に悶えさせてくれるのですから幸せです。

つまり、わたしが課すことを夢見る至上の試練を受けてくださるのですね。ええ、あなたが勇猛果敢な男に屈して、可愛いお尻のくすみ色の穴を怪物的な槍で刺し貫かれるのを見る快感は何ものにもかえがたいでしょう。

でもそのためには、二人とも興奮し陶酔できる特別の夜でなくてはなりません……。というのも、あなたを誰かに平然とゆだねる度胸があるのか、自分でもわからないのです。倒錯的な興奮を味わわせてあげるとお約束したものの、決心がつかずにいます。

いつか、あなたが一晩中からだのあく時、その心掻き乱すからだを貫くに値する美しい情夫を一緒に探し、その男の硬くなったペニスにお尻をさしだして見せてください。その場面が驚くほど克明に目に浮かびます。男が全裸で横たわっています。弛緩したペニスがあなたにむさぼり吸われ、まもなく熱い口づけに応え誇らしげに頭をもたげ、最適になったら、役を交代するのです。

ゆったりとした寝椅子にあなたが見事なからだを横たえる。お尻をつき出し、くすみ色の穴を精力的な男へさしだす。彼に跨られ肩を摑まれ、勝ち誇った男根を屈服した肉に荒々しく突きこまれる。肛門を穿たれるのです、シャルル。夢に見た美しい情夫に肛門を穿たれ、はちきれんばかりの睾丸がお尻にたたきつけられるのを感じるでしょう。気が狂うようなセックスにあなたは小刻みに震えながら身をのけぞらせる。とうとう、あなたの途方もない願望を実現させ、究極の快感に我を忘れて喘いでいる愛人をこの腕に迎えるのです。

このような愛の証をさしあげるほど、あなたに夢中なのだということをわかってくれなくてはなりません。あなたに情夫を与えるなどという常軌を逸したことに合意してまで、悦んでほしいということをわかってくれなくてはなりません。

あなたが男とのセックスに味をしめ、やみつきになりはしないかと不安です。でも、そんなことはありませんね？　この一年半示し続けてくれた優しさで、戻って来てくださいますね。あなたの愛を信じ、お手紙に書いてくださった優しい言葉のすべてを信じます。

寝ても醒めても夢想するすばらしいからだはあなたのもので、どんな秘められた部分も輪郭が目に浮かびます。可愛らしいお乳、ピンク色の乳首、白くすべすべのお腹、ペニスのピンク色の先端、それをひた隠す暗い茂み、そしてとりわけ、わたしを夢中にさせるお尻の、謎に満ちた穴。舌で意欲的に突かれ、徐々に無抵抗になる温かい肉体を貫くのがどれほどの幸せか。さしだされたお尻の割れ目にわたしのペニスを突き立てるはかりしれない悦びが、おわかりになるでしょうか。

そうです。わたしがあなたの求めてやまなかった疲れ知らずの「情夫」となって、もう一年になります。そして、あなたが望むかぎり、いつまでもそうであり続けます。物凄い張り形をくだされば、怖いものなし、あなたは狂おしく全身をゆだねてくれるでしょう。

いいえ、この威力をほかの女性に試したりなどいたしません。あなたという、どんな女性にもひけをとらない甘美で熱っぽい「情婦」がいるではありませんか？　求める悦びはすべて与えていただけるではありませんか？　わたしの気まぐれに応えてくれる柔順なおもちゃになってくださるではありませんか？

先週の印象は深々と心に残っています。わたしの手のなかで震える可愛らしいピンク色のお乳、そしてヴァギナに納まったペニス、それらをあわせ持つあなたほど甘美な情婦は望めません。欲しいのはあなただけ。わたしのロット、可愛い女、その腕に抱かれて味わう甘美なひとときは、いつも、いつまでも頭から離れないでしょう。

ヴァギナを吸う技にこれだけ熟達したのですから、さらに技を磨けるに違いありません。あの張り形があれば、わたしを休みなく貫けるとお思いになりませんか？　わたしにとって幻想は完全なものになります。だって、本来の性が隠蔽されるのですから。それがあなたの役に立つのは、わたしへの狂おしい愛撫に感極まって、抑えきれなくなる最後の瞬間だけ。その時は、こよなく愛するこのお尻を貫き、夢のような情夫となるのです。

明日、またあの大きな部屋で落ち合いましょう。二人ともかつてなく淫らになるでしょう。来たるべき淫蕩の場面を想像するでしょうから。わたしが未知の情夫役になります。その肉体を征服し猛然と貫き、可愛いロット、あなたは淫らで熱いわたしの女になるのです。

ああ！　いとしい人、もっと激しいオルガズムに達するため、わたしたちはこの先、何をしでかすのでしょう？　いちど踏みこんだら最後、抜け出せなくなる流砂のように、すこしずつ倒錯にのめりこむ。意志も理性も失って奈落の底までともに堕ちていくのでしょうか？

そしていつか、さらに稀有な官能の悦びで結ばれるのでしょうか？　そう願います。だって、わたしたちは倒錯ゆえに分かちがたく結ばれているのですもの。

身を絡めて坂を転がり、途中の枝にも阻まれず堕ちていく。その脆い枝とは羞恥心でした。ずっと前から、わたしたちはその枝をひしぎ、転落のたび折れた小枝をまき散らしているのです。

一緒に底なしの淵へ堕ちてくださいますか？　こんな旅を企てるほど愛してくださいますか？　わたしの倒錯に恐れをなしてはいませんか？　二人の狂気が、あなたの狂気になるのを恐れてはいませんか？　からだからわたしの愛の痕跡を永遠に消さずにいてくださいますか？　だめよ、もうわたしの刻印が押されているのです。あなたはわたしのもので、離さないのだから。想像を絶する楽園へあなたをお連れし、そこでまだ見ぬ官能の恍惚を知ってもらえるでしょう。

これほど倒錯的になったことはかつてなく、どうにもならない欲望を感じます。その激情も意欲も焼きつくし、血も干あがらせる燃えるようなセックスであなたを縛りつけたい。あなたが糸の切れた、頭がからっぽのあやつり人形になるまで離しません。でもその時には、わたし自身がひしゃげた人形でしかなくなっているでしょう。だって、二人とも倒錯への飽くなき欲望を満たすため、若さを消耗しつくすでしょうから。

愛しています。愛しています。ああ！　それしか言えません。だって、そう言うだけでわたしの若い肉欲の熱と激情のすべてを込められるのですから。そしてあなたも、愛してくださいますね。

明日、お互いの愛の激しさを確認することになるでしょう。二人の狂気の広大さをはかりましょう。だって、わたしたちは狂っているのですもの。大好きなシャルル、お互いにいかれているのですもの。あなたのことを想うだけで、凄まじい欲情に身震いせずにはいられず、この身を力いっぱい投げ出したくてうずうずしています。

ああ！　大好きなそのお尻をゆだねて、その官能的な肉体の秘宝を、すべてゆだねてください。そしてわたしを抱いて、骨の髄まで搾り取る悪魔のセックスをしてください。

明日は今のわたしたちにできるかぎり熱狂的に愛し合いましょう。

明日、あなたの口とペニスに、わたしの愛液を狂ったように放出せずにはいられなくなるような長いお返事を書いてください。

夢中です。おわかりですか？

シモーヌ

一九二九年　大晦日

今夜でこのすばらしい年が終わるのが惜しまれます。日々心を浮き立たせ、優しさと愛撫で官能の疼きを癒され、本当に満ち足りた一年だったではありませんか？

そしてまもなく始まる新年の切なる願いは、なるべく多くの時間をあなたに抱かれて過ごすことです。来年は離れることなく、さらに固い絆で結ばれんことを。そして、二人が求めてやまない完全な悦びがもたらされんことを。

あなたの夢がついに実現しますように。目も眩む光景、お尻を舐め合う女、ペニスを吸い合う男、淫奔に交わる男女を前に、狂おしい一夜を過ごせますように。そしてあなたが、ついにたくましい男によってオルガズムに達せられますように。

ああ、太いペニスを吸うのが、あなたにとってどれほどの悦びか。あなたの下腹にかざされる勃起した見事な男根がもう目に浮かびます。あなたは器用で貪欲なその口にすっぽりくわえ、もっと勃たせるため睾丸を弄ぶのです。可愛くていやらしいあなた、それでもう快感をおぼえていらっしゃるけれど、からだの芯まで貫かれる恍惚はどうでしょう。その時、あなたのペニスはわたしが吸ってさしあげます。

そう、おそらく、新しい年には二人の大それた願望が実現されるでしょう。あなたの愛、そして愛撫のほかは何も望みません。

わたしの小さな神様、あなたに夢中です。その大きなすばらしい目で見つめて、はてしないセックスをしてください。抱いて、抱いて、太いペニスでヴァギナを貫いてください。

愛しています。

シモーヌ

# 1930

一九三〇年
木曜日　朝

わたしの大切な宝物、
ゆうべは不意の来客の応対で、お手紙を書こうにもかないませんでした。とはいえ、その間、あなたのことでどれほど頭がいっぱいだったことか！　お別れして来たばかりなのに、もう狂おしい欲望が湧きあがっていました。
おそばで過ごした夕べのひとときを、わたしが口にした戯言とペニスの反応を思い返していました。二人のお気に入りの話題にさしかかると、たちまち勃ってしまうあなたのペニス！　話し始めるや、ピンク色の頭部、そして全体が膨らんでくるのです。堂々とそそり立ち、硬くなって射精寸前なのが、ズボンの上から触れてもわかります。愛撫をすこし執拗に、あとすこし長引かせたら、睾丸にたまりたまった精液が堰を切って溢れ出すでしょう。暗闇に乗じての愛撫で、ますます約束の情事が待ち遠しくなり、頭はのぼせ、血を滾らせて帰宅します。ああ、いとしいシャルル、どんなに時が流れ、どんなに乱行をつくしても、まだこんなにいとしいのです！　いくら愛撫されてもたりません。ますます欲しくなるのです。どうか、お願いだから、もっと愛撫してください。猛々しいセックスのこのうえない快感がもう頭に浮かびます。

明日もあの小部屋でお待ちしています。カーテンを引き、服を脱いで大きなベッドにいます。あなたは薄闇のなかで、可愛い愛人のお尻、乳房、お腹に目を凝らす。ズボンの下ではもうペニスが勃ち、硬く太く、小刻みに震える。さあ、早く、早くいらして、いとしい人。

そばに来てくれたあなたも裸で、溢れる欲情にからだを火照らせている。唇をゆだねて、猛烈な口づけで酔わせてください。あなたの上に乗っているのがわかる？　太腿で腰に絡まり、猛る欲望で硬くなったペニスにわたしの下腹が触れる。ああ、そうよ、そこに突きさして、ヴァギナに入ってください。あなたが教えてくれた夢のようなセックスが病みつきになってしまったのです。もっと、もっと、いつまでもオルガズムを味わわせてください。ヴァギナから愛液を汲みつくし、そのあと、美しいペニスを吸わせてください。

明日はレッスンをしたいのです。男根の吸い方をお教えします。わたしの股間に「代役」を立てますから、くわえるのです。器官にかかる縮れ毛を撫でてもらいながら、声で興奮させながら導きます。どんなに甘美かわかっていただけるでしょう。

たしかに、昨日おっしゃっていたとおり「何も出ません」太く硬く血の通った本物のペニスをさしあげられたらよいのに。ええそうね、協力者がいれば、どんなにすばらしい体験ができることか！　だって、あなたが男と格闘するのを見たら、気が狂うほど興奮させられるでしょうから。

こんな場面が目に浮かびます。ベッドの上で、あなたが枕側、彼が足側になってペニスを吸い合っている。わたしが声をかけて励ます。「さあ、吸って、もっと吸うのよ、ロット、お返ししてあげなさい」目の前で絡み合う肉体に刺激され、わたしはマスターベーションをする。

でも、もうたくさん。わたしも戯れに加わりたい。仰向けになってあなたに挿入され、同時にあなたは「彼」に肛門を穿たれる。わたしのヴァギナを堪能しながら、お尻に彼の男根を受け、あなたの快感は二倍になる。

こんなふうに果てられたら物凄いとお思いになりませんか？　十分倒錯的ではないかしら？　いつか、こんな狂乱を実現させたいものですね。

明日は最大限の快感をさしあげられるよう「彼」の分まで全力を尽くします。ペニスを吸い、お尻の穴を穿ち、小さなお乳のピンク色の乳首を甘噛みします。わたしの乳首をお尻の穴に突きこみます。乳房を寄せてペニスを柔らかく迎え、それからどんな愛撫をしましょう？

あなたがするべき愛撫はおわかりですね。まずは、はちきれんばかりに膨らんだ蕾を吸ってください。それから、ヴァギナに挿入してください。ああ、そうよ。何度でも力の続くかぎり挿入して。その太いペニスを深々と感じるのが好きなのですもの。睾丸に達するまで挿入され、男根をつつみこむ肉がわななく。それから、ペニスをわたしの顔面に這わせてください。

それから、ああ、何をしたらいいのかしら？　まだ、わからないけれど、おそらくわたしの口のなかで果ててもらうでしょう。だって、それが何よりもお好きなのですから。その時は、器用で貪欲なこの口で睾丸が空になるまで精液を吸いつくします。だって、その精液に目がないのですもの。想像を絶する快感を全身で感じ、狂おしい幸福感を味わってもらえるでしょう。

ああ、愛しています。大切な方。いとしさがつのるばかりです。あなたなしではもう生きていけません。ずっと一緒にいたい。あなたが唯一の愛、唯一人の愛人で、あなたなしの愛など、なんの魅力もありません。

これからも末永く、同じように愛してくださいますか？　わたしのからだへの欲望は熱いままですか？　ほかの女性の愛撫を味わいたくなったりしませんか？　ああ、あなたを失うのが恐ろしく、永久に結ばれるためなら悪徳そのものになってもいいくらいです。疲労困憊するセックスをほかの女性に求めないでください。わたし以外の女性の唇にペニスをゆだねないでください。あなたのお尻はわたしのためだけにとっておいて、激しく肛門を穿ってさしあげるから。

今夜は長いお手紙をいただきたく存じます。返事を書きますから、明日一緒に読みましょう。遠くから送ってくださったような嬉しいお手紙を、どうか早く書いてください。さようなら、いとしい方。今夜お手紙が届くのを期待しつつ、でも何より明日を楽しみにしております。明日は激しく愛します！

シモーヌ

1930

木曜日　真夜中

眠れません。わたしのシャルル、惨めな気持ちで胸が塞いでいます。

突然、そんなによそよそしく、情事にも無関心になって三週間、もうすぐ一か月も逢引せずにいられるなんて、一体どうなさったのですか。いつお会いできるのか訊ねても、オフィスに一人だから離れられないとか、今は決められないとか、いろいろの言い逃れをなさる！

お願い、シャルル、こんなふうに苦しめるのはやめて。何かおっしゃって、二人を隔てる誤解を晴らしてください。どんな返事でもいい、早く返事をしてください。今夜は、ほとんど喧嘩別れでした。あなたは無言でそそくさと立ち去り、残されたわたしは一体どうしてしまったのかわけがわからずにいます。

責めているのではないのです。でも、わたしの身にもなってください。過去を思い出してください。あの燃えるようなひとときを思い出してください。二人とも同じ情熱で待ちわび、いつものる激情で互いの胸にとびこみ、やがて同じ痙攣に身をのけぞらせていた。あのすべてを、今はなんとも思わないとおっしゃるのですか？　わたしはもう、愛撫と大それた行為であれほど悦ばせてあげた破廉恥な情夫ではないとおっしゃるのですか？

いとしいシャルル、わたしへの欲望が消えたなら、誠実にそうおっしゃって、これ以上ずるずると苦しめないでください。終わりだと言ってくだされば、あなたを取り戻そうとしても無駄だと納得できるのに。でも、このように生殺しにするのは、どうかやめてください。

シャルル、可愛いロット、わたし一人があの夢のような過去を懐かしんでいるのかと思うと悲しくてなりません。もうわたしが欲しくないのですね。このすべすべのお尻にも惹かれないし、かつてはペニスを勃起させたこの口にも魅力を感じなくなったのですか？　でも、お尻にもヴァギナにも突きさされないなら、ゆうべもまた舌におぼえた太く見事なペニスの感触は何だったのかしら？

ああ、大切な人、そこまで冷淡になれるものですか？　わたしは、まだあなたが欲しくてならないのに。苦しんでいるのに、わかってくださらないのですね。なぜ今夜は返事もせず、あんなに急いで行ってしまったのですか？　お願いですから、わたしの苦悩を憐れんでください。一体どうなさったというの？　どうして冷たい態度をとるの？　わたしに抱かれて過ごす一時間が、三週間このかた見つけられないなんて、考えられません。

怒っているわけではないのです。今のわたしの姿をご覧になったら、きっと憐れに思うでしょう。乱れたベッドで裸で泣いているのです、シャルル。あなたから見向きもされなくなった気がして、泣いているのです。

ああ、いとしい人、こんな手紙をこの部屋で書くことになろうとは思ってもみませんでしたが、でもこの部屋に今のあなたは何かしらの愛着をおぼえるのでしょうか？　悦びはすべて諦めなければならないのですか？　夢のようなそのからだの思い出を記憶から消し去らなければならないのですか？　そして、このからだはもう、抱きしめられることも、ヴァギナに激しく口づけされることもないのですか？

ああ、大好きなシャルル、そんなはずないわよね？　わたしの思い過ごしよね？　まだ愛してくれているのでしょう。この大きなお尻も乳房も、思いのままになるこのからだに、まだお飽きになってはいないのでしょう。ペニスに恥ずかしげもなく突き出されたお尻を思い出してちょうだい。かつては、あんなに夢中だったお尻のくすみ色の穴を目に浮かべてちょうだい。あなたのお尻、睾丸、そしてペニスの先まで愛撫していく舌のことを想ってください。目を閉じて、ペニスがわたしの口のなかにあって、あなたの命が一滴ずつこの喉に流れこんでいくのを想像してください。そうすれば、二人の仲がもう終わりなのかどうか見極められるでしょう。なぜなら、思い出すうちご自分のものをこわばる手で握りすらしないのなら、やはり、わたしは力を失ったということですもの。

わたしのシャルル、まだ可愛い甘美な情婦でいてくださいますか？　たくましい男を託して悦ばせてあげたかった可愛いロットでいてくれますか？　それとも、快楽はご自分一人で味わうおつもりですか？

まさか、わたしの一途さを疑い、この腕にはめた時計を二心のしるしと見ているわけではないでしょう。とんでもない。これをくれた人には、ほかの男たち同様、気を持たせてしまったとしても、それだけのこと。いくら望もうと、わたしの口で愛撫されることなく去っていったのです。どこを愛撫するかはご存知でしょう。あなたの前でそれができたら、彼を悦ばせてあげられたでしょうけれど、あなたを裏切る力も欲望もありません。心もからだもすっかりあなたの虜なのです。わたしはあなたのもの、永久にあなただけのものなのです。

この辺で筆をおき、眠れるよう努力してみます。最後にもう一度だけお願いします。答えてください。死ぬほどの苦悩につき落とされてもいい、沈黙と拷問よりよほどましです。わたしを拒むその夢のようなからだに口づけさせてください。大好きな精液を残らず注ぎこんでもらえるまでその美しいペニスを吸います。

あなたの不在に苦しむ淫らな女より。どうか、お返事をください。では月曜に（*1）。

シモーヌ

（*1）いまや快楽と欲望のゲームの牽引役となっているシモーヌの神経症的饒舌は、二人の関係の展開を如実に伝え、シャルルの手紙の欠如を補って余りある。だが、もしシャルルの手紙があれば、彼の人物像はもっと厚みのあるものになっただろう。

彼が新たな快楽のたびに倦怠（あるいはパニック？）に襲われているらしいことが、シモーヌの手紙の端々から透かし見える。「倒錯」を究める道において、彼はまるで信仰を究めるサンティアゴ・デ・コンポステーラの巡礼のように、三歩前進二歩後退をくり返しているようだ。シャルルの手紙があれば、この段階での彼の心境を知る有益な手がかりとなっただろう。

とはいえ、禁断の世界に足を踏み入れる誘惑だけでなく、それを完遂すれば取り返しのつかないことになるという彼の煩悶は容易に推察される。だからこそ、別れを切り出す考えがつねに頭をもたげるのだ。シャルルにとって、この禁断の道行を、自分よりシモーヌの責任にするほうが容易い。彼を煩悶させていた誘惑はいつ断ち切られたのだろう？

こう考えるのは、シャルル宛ての手紙が見つかったのが、彼のではなくシモーヌの地下室であると確信するに至ったからだ。

実は、ここに載せた書簡が収められていたカバンには、ほかにもシモーヌがその後関係した人物との書簡、思春期に始まるあらゆる恋文の類が入っていた。

彼女の書いた手紙が宛て先の男性ではなく、彼女自身の家で発見されたのは一体どういうわけだろうと、訝しく思われる読者もおられるだろう。その理由はいたって単純で、名誉にかかわる規範に基づいている。この規範はフランスにおける恋愛関係では広く確認されるし、十八、十九世紀文学でもしばしば言及される。

つまり、上流社会のしきたりでは、恋愛関係の破局に際し、男性は相手の女性の世評がそのの ち貶められるおそれのないよう、受けとった手紙はすべて返却することになっていた。ふられた腹いせに元恋人のあられもない写真をフェイスブックに「投稿」したり、有名人との関係を元パートナーがメディアで暴露することが横行する昨今とは、隔世の感がある。

シモーヌが送り返された手紙を破棄できなかったのは我々にとって幸運だったが、シャルルの書いた手紙が発見されることはまずないだろう。シャルルとの関係は忘れられない特別なものとして生涯シモーヌの心にしまわれていたにちがいない。一方、既婚者のシャルルにとって危険はあまりにも大きく、この件は清算し、手紙は破棄されねばならなかっただろう。

大きな愛を捧げる方、

約束どおり、眠る前に、楽しみにしてくださるお手紙、ナルボンヌであなたが受けとれなかったばかりに、二人に災いが降りかかるところだったお手紙を書きにまいりました。いとしいあなた、戻ってくださってしみじみ嬉しく感じています。昨日は、すべて終わりだと思っていました。もういちど謝ります。おお、いとしいあなた、ごめんなさい。あなたがかけがえのない方なのはご存知でしょう。身も心も捧げ、あなたとの愛撫に想いを馳せると、抱かれている時のように死にそうになります。ああ！　なんて巧みに抱いてくれるのでしょう。そしてとりわけ、なんて巧みにわたしをひきつけておくのでしょう。だって、最初の日から、片時もあなたを想わないことはないのですもの。

もうすぐ二人の関係が二年目を迎えます。ちょっとふり返って、わたしたちがどれほどの高みに到達したかご覧になってください。始めの頃のためらいがちでぶっきらぼうな愛撫を思い出してください。それにひきかえ、今のわたしたちがどんな時間を過ごしているか。何よりもこの先、二人の飽くなき欲望が求める夢の楽園へ、一夜、束縛から解放されて逃避できたら、どんな時間を過ごせるか想像してください。

そう、究極の快楽を体験できる時は近づいています。あなたさえ良ければ、淫蕩の前奏はまずここ、わたしの家で行われるでしょう。

大きなベッドは三つの肉体を受けいれ、ほのかな灯りにむきだしの太腿、腕、顔、生温かいピンク色の肉の塊が蠢き、官能の呻きが夜の静寂に響くでしょう。あなたの愛人であるこの淫婦が、若い褐色の髪をした女ともだちのお尻をむさぼり吸う姿を目のあたりにするでしょう。

口づけに応えて膨らむ謎めいた蕾を唇で捕らえたまま、さざ波を打つからだに軽快な指を走らせる。ご自分の愛人が、若い娘をどれほど悦ばせるかご覧になって……。この娘のお腹のわななきを、乳房が張りつめていくさまをご覧になって……。気絶するほど巧みに愛撫され、彼女が呻き、叫ぶ……。

あなたはもう堪えきれず、彼女を邪険に押しやって、自分の愛人を吸いに来る。硬くなったペニスは愛液にはちきれんばかりで、口づけを誘う……。さあ、来て、あなたも口づけで気絶させてあげたい。その太いペニスをゆだねて……。ああ！　どう、ペニスの生温かくきめ細かな肌を舌が這っていくのがわかるでしょう……。上へ、上へ、亀頭のほうへ這いあがり、それから睾丸まで降りていく……。口のなかに射精なさりたいのね。いやらしい人、わたしにはわかる……。あなたはもう堪えきれない……。さあ、喉の奥まで突きこんで、一滴残らず出しきってください。

あなたの欲望を再び掻き立てるため、目の前で彼女に吸って悦ばせてもらう。二人の女があられもない姿態で絡まり合う。彼女のお尻、そしてわたしのお尻が交互に見え隠れし、あなたは激しく勃起する。そうしたら、彼女にはマスターベーションをしていてもらい、その前でセックスし、わたしが慈悲を乞うまで、わたしを貫き快感に悶えさせてください。

別の部屋には、あらかじめ二人で選んでおいた、ペニスもお尻も申し分ない美青年がいる。彼は裸で横たわるあなたをさっそく悦ばせにかかる。隣りに身を横たえ、あなたのペニスに手を伸ばし揉みしだくけれど、自分のペニスのほうはなかなか硬くならないように見える。

いいわ、手を貸してあげる。あなたのマスターベーションを続ける彼の性器をくわえる。ご自分の愛人が、彼の股間に顔をうずめるのをご覧になって。跪くわたしのお尻を撫でてもいいけれど、性器がもう硬くなっている……。

さあロット、ベッドの縁に跪くのよ。あなたの穴はもう半開きで、それほどこの太いペニスに睾丸まで深々と貫かれたくてたまらないのね。情夫が腰を振り、奥まで突きこまれてあなたが呻く。穴にペニスが挿入され、たっぷりした睾丸がお尻に打ちつけられる。本物のペニスで肛門を穿たれているのよ、シャルル。そしてまもなく、温かい精液に濡らされるのです。快楽を強烈にするためペニスを唇で捕らえると、わたしの口のなかであなたは淫婦らしく快感に酔い痴れる。煽情的な光景を前に、わたしは猛烈にマスターベーションをし、三人入り乱れ、精液にまみれ、同じ快感にうちのめされる。

これがお望み？　前回、一歩手前まで味わわせてあげたあの快感？　ああ！　わたしのロット、どんなに悦んでもらえたか……。一週間前の前回の逢引を思い出してください。あなたのペニスを必死で吸っていました。狂おしく抱かれ、今度はあなたに激しいオルガズムを味わってほしかったのです。あなたは仰向けで脚をひらき、ペニスを勃たせている。その肛門にそっと優しく器官をさしこんでいき、穴のまわりを舐めながら、同時にペニスをしごく。どんなに悦んでもらえることか！　あなたの目が陶然となり、こわばる手でペニスを摑んで、わたしの口に入れる。ああ！　強烈な瞬間！　あなたの肛門を穿ちながら、同時にペニスをしゃぶってあげる。あなたの穴のなかを、わたしの器官がなめらかに往復し、わたしの口ではペニスが悶える。なおも舌でなぶると、ついに身を震わせ、呻きをあげてあなたは果てる。

ああ！　可愛いロット。あの日、上手に愛したとおっしゃってくださいませんでした。あの恍惚の余韻に浸れるような手紙を待っていたのです。満ち足りていらしたのですか？

わたしと同じくらい、この夢を長引かせたいとおっしゃってください。今もわたしとからだを重ねずにはいられない？　ペニスに口を這わせてほしい？　ペニスにお尻をさしだしてほしい？　おっしゃってください。そして、流れる時にも、小さな諍いにもかかわらず、何があっても愛し続けてくださると、おっしゃってください！

シャルル、わたしのほうは夢中なのです。立ち直れなくなるでしょう。まだわかっていただけなくて、時々苦しくなります。もう苦しめ合うのはやめましょう。つらすぎます。以前のように、かつての激情で、愛し合いましょう。そして、できることなら、狂おしく倒錯的な、美しい思い出を増やしましょう。二人の新しい願望を叶えてくれるとびきりの男を一緒に探しましょう。いいですね、ロット？

この手紙は、お望みどおり明日お手もとに届くでしょう。もう、とても遅いので、この辺で筆をおきます。

あなたからも何枚かお返事をいただければ、幸福感に浸って新しいイメージを思い描けるのですが。そうしてくださいますか？　あなたのお手紙がどれほど好きか、ご存知でしょう。今ではめったにいただけなくなりました。どうか、わたしを嬉しがらせると思って、ほんのすこし努力して、金曜には甘美なお手紙で身も世もなく欲情させてくださいませんか？

おやすみなさい、大切な方。あなたを想いながら眠りに就きます。シャルル、心から愛しているのをわかってくださっている？　そして、ずっと、ずっと一緒にいてほしい。わたしを愛しているとも、早く手紙に書いてくださいね。つよく抱きしめます。夢中です。

あなたのシモーヌ

金曜日　〇時四十五分

いとしい人、

昨日の約束どおり、お望みの手紙をお送りします。でも、これ以上何を書けとおっしゃるの？　とうにご存知のはずなのに。二人のもっとも熱烈で密やかな願望は、すべて前回の手紙にはっきり書いたではありませんか？　まもなく実行する放蕩はことごとくご存知のはずではありませんか？

いつものように、遠隔操作で勃たせてほしいのね、憎らしい人。そして、これを読む時はきっと、オフィスに一人きりで、脚を大きくひらいてペニスを握っている。書きながらその光景が目に浮かびます。その場で間近にペニスを眺められたらいいのに。

わたしが女の恋人を抱き、ベッドで猛烈に絡み合ったらどうかしら？　目の前で、誰かの見事な太いペニスを吸ったらどうかしら？

そうよ、一人か二人、すてきな共犯者が加われば、数かぎりない楽しみが待っている。全身が震えるような奇抜な愛撫を考え出すわ。あなたたちが硬く勃起したら、二人のペニスをこすり合わせる。二つの亀頭をくっつける。ペニスで別の男のペニスに触れるのは、きっと甘美な感触のはず。そうはお思いにならない？

できることなら、二人同時に吸える大きな口が欲しいけれど、わたしが見たいのは、あなたと「情夫」が圧倒的な「シックスナイン」でお互いのペニスを吸い合うところ。その間、わたしたち二人も負けずに楽しみに没頭し、二組のカップルが入り乱れ、筆舌に尽くしがたい淫蕩の光景がくり広げられるでしょう。ペニスを吸う相手の技巧に不安があれば、わたしが吸ってあげるから、彼にはあなたの肛門を力いっぱい、睾丸に達するまで深々と穿ってもらいましょう。

こんな奇抜な愛撫を、前回ほんのすこし味見させてあげましたが、堪能しているご様子でした。お望みなら、次の逢引でまた試しましょう。そうすれば、来るべき日がもっと待ち遠しくなるはずです。

ご存知でしょう。あなたとならどんな冒険も厭いません。満足していただけるなら、どんな行為もアイディアにも物怖じしません。だって、何よりも、よそで得られるとは想像もできないような強烈な快感をわたしと味わってほしいのですもの。ほかの男の股間にだって、あなたをためらわずに投げ出します。わたしが見向きもされなくなったら、どうしていいかわからないのに！　お尻のなかに硬い肉の塊を感じ、秘められた襞という襞を縦横にまさぐられたら、どんなに快感をおぼえていただけるかわかるのです。下腹のどれほど奥まった内壁でも、巨大な亀頭にゆっくりと撫でられるのがわかるでしょう。だって、それはまるで男がそこ、お腹のなかにいるかのような強烈な感覚なのですもの。狂おしくてえもいわれぬ、ぞくぞくする夢のような感覚。それに、お尻のなかでペニスが射精する瞬間の快感は、あなたの想像をはるかに超えるでしょう。ペニスがどんどん張りつめ、どっと温かいしぶきがほとばしる。ああ、この悦びを教えたら、あなたを失う危険をおかすことになる。だって、お尻で男根を受けてオルガズムに達したら、わたしの乏しい手段で、もはや満足してもらえるでしょうか？　これは、わたしがまだ示したことのない愛の証です。なぜなら、わたしは自分の幸福を失いかねないのですから。

ああ、あなたのさざ波を打つ肌がもう目に浮かびます。大きくひらかれた脚、あけひろげになった穴、そしてわたしが取り持つ巨大な男根が目に浮かびます。まずは痛みに叫ぶでしょうが、彼は動じず獰猛にペニスを突きこみ、驀進をとめられるのはただ睾丸だけ。わたしは力尽き朦朧としたあなたを腕に迎えいれ、ついに満足してもらえた嬉しさに浸るでしょう。

だって、ロット、それがわたしに堪能させてほしいことなのでしょう？　きっと、満足していただけるはず。あなたが土壇場で尻込みしたら、話は別だけれど。でも、そんなことはありませんね。薄情なあなたはペニスと睾丸のことしか頭にないのですから。この腕に抱かれながら、わたしが取り持つはずの情夫のことを想い、欲望を抑えきれず身悶えなさっている。

あなたさえよければ、この夏はおおいに楽しめるでしょう。毎夕、別れる前にすこし会うこともできますし、わたしの「独身者用アパルトマン」に来てくださってもいい。心おきなく一時間、はめを外して愛し合えるでしょう。いかが？　仲良しの女ともだちを呼ぶから、三人で破廉恥のかぎりをつくすこともできる。おあつらえの「色男」がいたら、連れて来てもいい。

いとしい人、おそばにおいてもらえるなら、どんな要求でも受けいれます。新しい快楽を考えてください。試したいことがあればおっしゃってください。一緒に味わいましょう。

二人は抗いがたい倒錯の絆で固く結ばれ、さらなる快楽を追求するのです。淫らで熱狂的なセックスぬきの情事が、今のあなたに想像できますか？　冷静で貞淑ぶった女性を愛することなど想像できますか？

わたしには、ほかの男性とのセックスなど考えられません。あなた以外の男に身を許すなど笑止なこと。いつかの晩「欲望だけは人一倍だね」と言われましたが、見損なわないでください、ロット。愛しているのはあなただけなのだから。ほかの男のどこに惹かれるというのです？　あなたのような目、これほど巧みに口づけしてくれる熱く柔らかな口がほかにあるでしょうか？　何より、夢のような肉体、頬をつけると温かくすべすべした肌があるでしょうか？　それにわたしの股間で奇跡を起こす太く硬く見事なペニスがあるでしょうか？　わたしの小さな神様、大切なあなた、どんなにあなたを愛し、どんなに幸せか！　近々それを思い知ることになりますよ。だって、あなたが欲しくてたまらないのですもの。あなたは、このからだを愛撫したくはないのですか？　かつてあれほど夢中だったこのお尻を激しく犯したくはないのですか？　このお尻のおかげで味わえた恍惚をすべて思い出して、引き締まった白いお尻のことを想ってください。いまではほったらかしではありませんか！　この口がご所望なのね。ペニスを勃たせ、いかせ、しゃぶるこの口だけがご所望なのね、憎らしい方。

それなら、早くいらして。すぐさまペニスに唇がまとわり、舌で亀頭を巧みに愛撫されながら、もうすぐあなたの情夫が太いペニスでしてくれるように、模造男根でお尻のなかを縦横にまさぐられるでしょう。

このような妄想を書き連ね、わたしがどんなに心掻き乱されて眠りに就くかは言うまでもありません！　ベッドに敷いた毛皮の上で全裸になり、脚をひらき、あなたがそばにいらしたらしてくださることを想像しつつ、猛然とマスターベーションをするでしょう。

さようなら。この手紙が月曜にお手もとに届きますように。お気に召したか、お時間がつくれるか、電話でお教えください。火曜には長いお返事を待っています。

では月曜に。大切なあなた。夢中です。

あなたのシモーヌ

木曜日　夕方

いとしいあなた、

二人の究極の願望を実現するのに手を貸してくれるパートナーが見つかったことを、ゆうべお話ししましたが、ご期待にそえたのかわからなくなりました。勝手にここまで話を進め、男に話を持ちかけたことを非難されているようで、心を痛めています。いとしいシャルル、やりすぎだと責めていらっしゃるのでしょうか。不愉快にさせたのではないかと思うと悲しくてなりません。

どんなに愛しているか、セックスのたび、さらなる快楽を味わってもらおうと、どれだけ腐心しているかはご存知でしょう。この二年近く、どれほどの愛情を捧げているかも、唯一真正な愛を捧げているのがあなただけであることも、ご存知のはずです。だから、わたしの倒錯をすべてこの愛のために注ぎこんだのです。

わたしたち同様に情熱的な色男の、まだ見ぬ荒々しい愛撫の味を知りたがっていらっしゃるのはわかっています。硬く長い見事なペニスのなめらかな皮膚を舌で、さらにお尻の穴で、感じたがっていらっしゃるのはわかっています。わたしは探し、見つけました。ご期待にこたえる一歩手前まで来たというのに、責めるのですか？

究極の快楽を味わうかどうかは、ロット、もはやあなた次第です。お望みなら、もうすぐあの男の抱擁に身をゆだねられるのです。わたしよりも大胆にペニスを吸ってくれるかもしれないし、あなたも愛撫を返せるのです。本物のペニスをくわえ、口のなかで膨らんできたら興奮しませんか？　あなたのものを彼の口に挿入するのも興奮しませんか？　あさましく勃起するたくましい男を股間に迎えるのです。彼の太いペニスが身も世もなくあなたのお尻へ伸びていくでしょう。荒々しくお尻を抱きすくめられ、硬い男根を睾丸に達するまで深々と突きこまれ、至高の快感を知ることになるのです。

愛撫の初手を下すのがためらわれるなら、わたしが代わりにして見せてもいい。わたしにペニスを吸われながら、彼があなたの、あなたがわたしの恥部を弄ぶ。素っ裸のとびきり卑猥な三人が、なりふりかまわずあられもない姿態で身を絡め合う。前のお手紙で、わたしが協力者に抱かれるところを見てもいいと書いていましたね。お望みなら、目の前で彼に身をまかせ、あなたの官能を刺激します。力強い肉体がわたしに跨り、太いペニスがこのお尻の穴の奥に呑みこまれていくのを眺める。そんな光景に新たな力が湧いたらすぐにいらして、がむしゃらに抱いて、睾丸に達するまで猛然と貫いてください。だって、あなたが悦んでくださらなくては、わたしの快楽は完成しないのですもの。新しい戯れに新奇な快感を味わってもらえることは一瞬も疑いませんが、あなたの明確な合意なしには何もいたしません。

彼はわたしたち同様、恐れもためらいもない色男のはずです。まちがいなく巨大なペニスをそなえた頼もしい快男児。サイズであなたを落胆させないよう、ズボンの上から確かめただけですが。あの馴れ馴れしさを責められているかと思うと、絶望的な気持ちになります。

くり返しますが、あんな図々しい事をしたのも、あなたのためなのです。約束どおり、長いあいだ欲していらした興奮を与えてあげたかったけれど、本気でこの冒険に乗り出す勇気がないのなら、そしてとりわけ、わたしがあの男に身をまかせるのを見たら、もう愛せなくなるというのなら、ここで中止し、金輪際この種の試みに手を出すべきではありません。

反対に、わたしが捧げる究極の愛の証を堪能できるなら、早く実行に移すべきです。

明日の夜にはお返事を待っています、シャルル。明日は答えてください。

心おきなく愛撫できるペニスと睾丸を、ここにきて断念するのですか？　それとも、あの色男の股ぐらに身を投げ出したい？　ああ、あなたたちが交互にペニスを吸い合うところを見たい。むかし中学校でお友だちにしてあげたと書いていらしたではありませんか？　それなら、わたしの前でもやってみせてください。

それに、彼の肛門を穿ちたくはないのですか？　彼のお尻をペニスでさし貫きたくはないのですか？　どのように射精なさりたい？　わたしの口のなかかしら。激しく興奮してもらえること請け合いの体位が目に浮かびます。わたしは仰向けになって脚をひらく。この顔の上にあなたがお尻をあて、わたしはお尻の穴を舐めながら、片手でペニスを弄ぶ。一方、あなたの前では男がわたしのヴァギナにペニスを挿入する。こんなふうに果てるのは狂おしくありませんか？

よくお考えになって。明日、長いお手紙でこの協力関係をどう思うか教えてください。お返事がいただけるまでは、何も彼には言いません。

三人でできることを想像してみてください。三人で狂おしい性戯に興じるなら、あの男とのセックスは避けられませんから、わたしが辱められるのに立ち会うことになるとお考えください。別の男に愛撫されて悶えるわたしを見て、シャルル、気を悪くなさらない？　その後も変わらず愛してくださる？

ああ、あなたを失うのが怖いから、受けいれていいのか自分でもわかりません。昨日お話しした時のあなたの驚きよう。わたしが彼に抱かれるのを見たら、一体どうなるでしょう？　愛しているのはあなただけ、あなた以外の男など愛せないのは、よくご存知でしょう。こんな体験を試みるのも、めったにない興奮を味わっていただきたいからです。

すでに言ったとおり、彼のことは何とも思わないし、愛してもいません。愛しているのはあなたで、彼に抱かれるのはセックスのあいだだけ。そのあと、わたしが欲しいのはあなたです。その胸、首、腕なのです。わたしの帰るところはあなたのもと、きつく抱きしめてやすむのです。


ああ、可愛いロット、どんなにすばらしい愛の証を示すことになるか。あなたをこのうえない恍惚へ導けるなら、何も厭わない、あなたにふさわしいパートナーを与えられるなら、辱められてもいい。わたしをつよく愛し、報いてくれなくてはなりません。

明晩お手紙をお待ちしています。お考えをすべて理解できるよう、洗いざらい述べていただくには一行で足りるはずがありませんから、書く時間を見つけてください。

大好きなあなた、さようなら。いつになったら、あの小部屋で二人で愛し合えるのでしょう？　ここしばらく、ずいぶんつれないではありませんか！

明日お目にかかれるのを、気も狂わんばかりに心待ちにしています。

なんていとしいのでしょう！　あなたはわたしの人生のすべて、幸福のすべてです。身も心も捧げきっているのです。このからだはあなたから受けた愛撫を生涯忘れないでしょう。

いつまでも同じように愛し合えますように。

わたしの優しい恋人、シャルル、その唇に、そして、かけがえのないあなたのすべてに熱烈に口づけをします。（*1）

あなたのシモーヌ

（*1）同性愛体験の誘惑の前でシャルルは尻込みする。言うまでもなく、当時の社会でこの一線を越えるのは、きわめて不都合なことだった。

一七九一年のフランス革命決議以降、同性愛は処罰対象ではなくなったものの、同性愛嫌悪はほぼどの社会階層にも根強く、容赦ない嫌悪の立場を表明したクローデルはじめ、多くの知識人もまた例外ではなかった。

一九二四年、ジッドの『コリドン』の出版は激しい非難を惹起し、多くの誹謗文（「自然はジッドを嫌悪する」）が書かれた。一方、十九世紀末に登場した精神医学が「倒錯」を精神病の一種と見做したことは状況を変えることにはならず、当時の開放的風紀のもと、多くの同性愛者が法律上の罪に問われることなく、ある程度自由に性的快楽を謳歌したとはいえ、つねに非難排斥はついてまわった。

一時的な開放的雰囲気は、ペタン政権下の一九四二年に可決された同性愛抑止法によって幕を閉じるが、この法律の影響は戦後も長く見られた。一九六〇年には同性愛が社会の害悪として声高に叫ばれ、一九六八年には精神病のリストに加えられた。同性愛が処罰対象からはずされるのは一九八二年、精神障害の診断マニュアルおよび統計からはずされるのは一九八五年になってからである。

金曜日　夜

大好きな恋人、

まもなくわたしたちがしでかす狂乱を思うと、あなたと同じく、熱狂的な欲望に全身が震えます。お返事をやきもきしながら待っていたのですよ。今夜いただけなかったら、どんなに気落ちしたことか。でも、届きました。お手紙を胸に抱きしめています。だって、ここには血を滾らせる荒々しい欲望に喘ぐあなたの叫びがあるのですもの。

ああ、どんなに愛しているか。我らがパートナーの愛撫にのけぞるあなたを見るのが、どれほどの悦びか！

そう、あなたのために太く硬い立派なペニスを探しました。器官を触り、掌や指でせわしなく締めつけると、硬い頭部が奇妙に蠢いていました。あなたのからだの美しさを熱い言葉で描写すると、「彼」が狂おしく興奮していくのがわかり、あなたの話をするだけで、そこまで勃起させられるのが嬉しくてなりませんでした。だって、もうすぐどんな恍惚をあなたに与えられるかが目に浮かぶようだったのですもの。

我らがパートナーの要望を知りたいのですね。彼の言葉をそのままお伝えします。あなたのペニスを弄り、吸いたがっています。たぶん、同じことをされたがってもいるでしょう。だから、彼のペニスをくわえ、わたしが教えたことを思い出して、太い男根を硬く勃起させなくてはなりません。

わたしも手を貸します。だって、三人がそんなふうに裸で対峙したら、いささか気まずいでしょうから、怖気づいているほうに手を貸します。

とくに何が彼を熱狂させるか忘れないでください。それは、セックスするわたしたちを見ることです。だから、とびきり激しいセックスを見せてあげましょう。二人とも卑猥になれば、彼はじきに平静でいられなくなるでしょう。

夢にまで見た究極の放蕩です。三人のからだが入り乱れて一つの塊となり、朦朧と太腿を絡め合うさまが、もう目に浮かびます。そしてわたしは二人に囲まれ、言葉と行為でできるかぎり興奮させます。

二人のペニスを同時に弄ぶ。代わる代わるペニスを吸ってあげる。二人にわたしのからだをほしいままにさせてあげる。これだけ思い切ったことをする報いに、二人の猛々しい抱擁を見せてちょうだい。発情した二人の入り乱れる肉体に見え隠れするペニスと睾丸はどんな眺めでしょう! きっと二人の前でたまらずマスターベーションしてしまうから、二人のうち勇猛果敢なほうがヴァギナの愛液を汲みに来てくださるでしょう。

あなた好みの不遜な娼婦になって興奮させてあげます。その見事なお尻をペニスの猛攻にさらせるよう、我らがパートナーを勃起させたい。あの巨大な男根で穴を貫かれたら、睾丸に達するまで肛門を穿たれたら、それはなんと輝かしい勝利でしょう！　ご自分の内奥に横溢する熱い精液をあなたに感じてほしい。がむしゃらに抱かれて呻いてほしい。

彼に抱かれ、あたうかぎりの快感を味わったら、わたしのところに来て愛撫してください。持てる技巧のかぎりをつくしてヴァギナに挿入し、愛液で膨らんだ蕾を吸い、乳房でペニスをしごき、わたしの口のなかで果ててください。

あなたの究極の願望を叶えられるなら何でもします。血の通った立派なペニス、たっぷりとした睾丸に触れられるのです。男の肉体に跨られるのです。しゃぶられたペニスから漏れる、苦い精液を味わえるのです。

そして、自分の情婦がほかの男とのセックスで身悶えするのを目のあたりにするのです。のけぞるこのからだ、美しいお尻、すべすべのお腹を眺めれば、わななくこの肉体を我がものにしたくて、いてもたってもいられなくなるでしょう。

こんなことがわたしたちに可能になるのです。そして近いうち、もっと詳しいことをお伝えできればと思います。

それから、この夏は別の楽しみをさしあげられればと思います。二人ともパリにいる時に、若い女ともだちをよんで、わたしの家で一緒に夕べを過ごしたいと熱望しています。そうすれば、あなたは両手に花。それに、わたしがペニスだけでなくヴァギナも巧みに吸えることがわかってもらえるでしょう。

できれば数時間、二人きりの甘美なひとときを過ごしたいとも思います。二人水入らずの逢引が何よりも好きだから。放蕩をしつくしたら、二人だけで愛し合い、過去の悦びをまた味わいたいのです。わたしたちのセックスにも深い魅力があるけれど、ロット、あなたには満足してもらえるでしょうか？

あなたは大切な愛人で、あらゆる快楽があなたへの愛をますますつのらせます。わたしの可愛いロットが誰よりも美しいからだで、誰よりも柔らかな肌をしているのは、はじめからわかっています。誰よりもあなたに惹きつけられるのは確かです。だって、わたしの若い神様、あなたは美しく、わたしを夢中にさせるそのからだに勝るものは何もないのですから。

いずれにしても、背徳の道をともに歩んで二年になるのです。試みることがほかにあるでしょうか？　何もありません。

この辺で筆をおきます。眠ろうと思いますが、きっとペニスや睾丸やお尻の穴の夢を見ずにはいられないでしょう。
では、月曜に。愛を込めて抱きしめます。
あなたの唇に熱い口づけを。すべてをあなたに捧げます。

シモーヌ

金曜日　〇時四十五分

わたしの大切な愛人、
いま帰宅したところです。言われたとおり、明朝読んでいただけるように、この短い手紙を書いています。

これをお読みになる頃には、何か月も前から二人の頭を離れなかった狂乱がすぐそこに迫っています。明日、あなたのために勇を鼓して探したパートナーをお届けします。

明日、彼に身を投げ出して激情の赴くままあらゆる淫楽に耽ることができるのです。安心して、彼はあなたの愛撫を受けいれ、同じ猛々しさで愛撫を返してくれるでしょう。

今夕、彼に訊ねてみました。すべて了解してくれています。卑猥な色男の対決ですね。わたしは言葉と行為であなたたちを煽ります。彼にペニスを弄られ、吸われるから、同じことをしてあげるのですよ。彼のペニスを口にくわえ、舌で何度か撫であげれば、巧く勃起させられるでしょう。

あなた同様この手のことは初めてだと隠さず言ってくれました。この試みを成功させるのに、わたしをあてにしているそうです。ですから一肌脱いで、わたしが初手を下します。

あのゆったりした寝椅子に二人で横になってもらい、両方いっぺんにペニスをしごいてあげます。二人ともご自分の器官が揉まれ膨らんでいくのを眺めることになるでしょう。やがて、どちらかがよい頃合になったら、もう一人にそれを吸ってもらい、そちらの器官はわたしが吸います。あなたたちは互いの睾丸とペニスを弄くり回す。わたしは二人のあいだに挟みこまれるでしょう。

そのあと、二人のうちどちらかが欲望をみなぎらせ、わたしに挑みかかり猛然とセックスし、その間、別の一人は暴れるペニスを握りしめて自分の番が来るのを待つ。持ち堪えられなくなったら、わたしの口のなかで一滴残らず射精すればよいのです。

今夜は彼と一緒に、美男子のヌードダンサーを見ました。筋肉質の白い肉体が弓なりになるのを間近で見ました。脈打つ肉体を前に、わたしたちは明日の場面を想像しました。明日、わたしたちの前で陶然となるのは、ほかでもない、ロット、あなたです。激しいセックスに身をのけぞらせるのは可愛い淫婦のあなたです。

ああ、とうとう約束を果たせます。明日、あなたとあの色男とのせめぎ合いが見られます。彼に抱かれ、激しいオルガズムを味わってほしい。あなたも淫らなところを見せてくれますね？　恥ずかしがったりしませんね？　大丈夫、わたしがそばにいるのですから。

我らが友を興奮させるため、わたしたちの愛撫を見せてあげることを忘れないでください。彼の前で、わたしへの愛を見せつけて、卑猥なところを見せてください。成功まちがいなしです。だって、三人とも不遜なつわもので、さらなる快楽の前では物怖じしないのだから。

というわけで、明日は太いペニスをしゃぶり、立派な睾丸を撫でる準備をしておいてください。相手の愛撫に身をゆだねる覚悟もしておくのですよ。願わくは、彼の巨大なものの効果を、お尻の穴で感じられんことを。

さようなら、大切な人。眠くなってしまいました。少々とりとめのない手紙になってごめんなさい。でも明日は行為が言葉の埋め合わせをしてくれるでしょうし、きっと不満はないはずです。

すべてをあなたに捧げます。

シモーヌ

# 1930

## 土曜日、その後

火曜日　夜

大好きな人、

この手紙は明朝お手もとに届くでしょう。読みながら、土曜に我らがパートナーの股ぐらで感じた強烈な快感を追体験できますように。

狂おしくも煽情的な二つの場面がわたしの目に焼きついています。まずは、あなたが数分の当惑のあと、やおら彼の硬いペニスにむしゃぶりつくところ。息もつかず熱烈に吸われ、生身の器官が口のなかでわななく。勃起した見事なペニスの温かくなめらかな肉をとうとう味わえて、どんなに悦んでいらしたか。興奮の熱に浮かされて全身をこわばらせ、目をとじて貪欲に硬い男根をしゃぶっていらっしゃった。

一方、わたしはもっと煽るため、あなたのお尻の穴に指を二本突きこみ、容赦なく肛門を穿ちました。ついに我らが友をオルガズムにのぼりつめさせ、怒濤の精液が口のなかにぶちまけられる。あなたは何日も夢に見てやまなかった精液の味を知ったのです。ご自分同様の色男を口のなかで果てさせ、あなたは力尽き、失神したように倒れこむ。

次はあなたが猛然たる愛撫を受ける場面。目いっぱい脚をひらき、勃起した見事なペニスを相手の唇にさしだすのが目に浮かびます。あなたの前に跪き、彼はゆっくりペニスに口をつけ、ぎこちない舌で睾丸から亀頭へ舐めあげる。そのうち愛撫はより的確に、舌の動きは敏捷になって、器官を震わせ膨らませ、あなたは官能的な興奮に呻き声をあげる。やがて、最後のひと撫ぜに打ち負かされ、だしぬけに精液が噴き出し、わたしの口がえもいわれぬリキュールを受ける。だって、我らが友は不意を衝かれて、中途でやめてしまったから。

いまやあなたは男のペニスを吸う夢のような感触を知りました。唇ではさんで舐め、のぼりつめさせ、あなた自身も男に愛撫され快感に酔い痴れたのです。わたしの愛撫であのように恍惚とさせた記憶はありません。あれほど満ち足りたあなたを見るのは初めてのような気がします。わたしもあれくらい大きな快感を与えられたらいいのに。

試みが完遂されなかったとはいえ、わたし自身、深い満足をおぼえています。あなたには快感を口だけでなく、お尻の穴でも感じてほしかったのに。また試しましょうね？　初めてにしては悪くないと感じていただければ、そして、このイニシエーションが甘美な思い出となればよいのですが。この点について感想を教えてください。すべてを長いお手紙にして、明日、渡してください。

このうえは何がお望みですか？　何をしてほしい？　今度は女性を加えてみたい？　あな

たが男のペニスを吸ったように、わたしが女のお尻を貪るところを見たい？　淫らな女が二人、互いの股間に顔をうずめ、蕾を舌で責め合って快感に酔い痴れる、そんな光景にそそられませんか？　そのような場面にも物怖じしない若い女ともだちに心当たりがあるのです。そもそも、彼女の恋人がこの冬戻ってきたら、わたしたちを紹介してほしがっていると電話で言われました。乱痴気パーティーがご所望だとか……。

わたしの可愛い情婦《あなた》、したいことを言ってくだされば、お望みに従います。我らが友とまた三人でしてもいい。ただし今度は、容赦なく肛門を穿たれてください。彼のペニスは太いのですから、あなたのお尻で奇跡を起こすはずです。若い女性を誘おうという彼の話に、あなたは乗り気のように見えました。彼がその女性について語ったいくつかの言葉が、あなたにもっと激しい放蕩への期待を芽生えさせたのではありませんか？

お望みなら、あなたの新しい気まぐれに従い、彼に頼んで引き合わせてもらいましょう。でも正直なところ、わたしはあまり悦べないでしょう。だって、見知らぬ女をあなたに抱かせるのは気が進まないのですもの。

そうよ、シャルル、わかっているでしょう。ひどく嫉妬し、心移りでもしたら、どれほど苦しむかわかりません。悲しいかな、奥様とそうなることはわかっていますが、それはどうすることもできないし、今さら変えようがありません。二年間この状況に辛抱してきましたが、さらにもう一人だなんて、耐えられないのはわかるでしょう。それに、シャルル、その美しさ、人の心を掻き乱すすばらしいからだに、女の人がのぼせるのが心配なのはわかってくださるでしょう。ずっとあなたのおそばにいたくて、怖いのです……。とはいえ、本当に悦んでもらえるなら、やはり協力するでしょう。

ですから、あなたにどんな歓喜をもたらせばよいか、おっしゃってください。どんなに破廉恥な欲求でも、満足していただけるなら何事にも怯みません。あなたをあの色男の股ぐらにゆだね、強烈な快感を味わわせ、どんなにあなたを愛しているか証明したのです。彼の舌はわたしよりも器用でしたか?

昨日、あの場面を回想しながら二度マスターベーションをし、二人に抱かれて味わった恍惚も思い返していました。だって、ぐっしょり濡れたヴァギナを交互に吸われたのですもの。あなたに激しく抱かれてオルガズムに達せればよかったけれど、もう疲れはてているのがわかったから、それで快楽を中断させたのです。彼にいかされたくはなかったのです。あなたに身を寄せ、その甘い肌に肉欲を鎮めてもらおうとしたのです。

そうです。数日中に、あなたを独り占めしたいのです。二人の秘密の部屋でお会いしたいのです。あの輝かしい日を思い出し、彼に負けないくらい快感を味わってもらえるように努力します。

かつてなく卑猥になります。見事なペニスを吸い、お尻のくすみ色の穴を舐め、思うさま肛門を穿ちます。超人の睾丸さながらの乳房でペニスをつつみます。あなたの上に身を投げ出し、その太腿を溢れるリキュールで濡らします。残りは、わたしを狂喜させるその力強いペニスでヴァギナの奥からすくいとってください。

男の愛撫が恋しいなら、ほかに誰か探しましょう。あなたのためなら探し出し、連れて来るから、ペニスを吸ってもいいし、睾丸に達するまで肛門を穿ってもらってもいい。

ご自分が筋金入りの色男なのをご存知ですか？　口のなかで震えていた太いペニスはおいしかったでしょう。睾丸に達するまですっぽりくわえ、上手に吸っていらした。硬く太い棹が喉の奥へと呑みこまれ、睾丸だけが口からはみ出していました。わたしはまだ温かい精液にまみれたその口にキスをしました。太いペニスを吸うのは夢のようでしょう。あなたのものを吸うわたしの悦びがこれでわかっていただけたはずです。

この辺でやめておきます。もう遅くなりました。

この手紙を読みながら、猛烈に勃起しているのではないかしら。それならマスターベーションをなさって。硬くなった棹をしごきなさい。思う存分しごいてペニスの精液を噴き出させれば、それは指のあいだをつたい流れるでしょう。指を唇にあて、色男を吸ったと思し召せ。

わたしもまた破廉恥なことに想いを巡らしマスターベーションをします。

明日あなたの感想と要望を長いお手紙にまとめてくださいわくわくする内容でしたら、木曜までに返信を、とびきり卑猥な返信をお届けします。絵も描いてくださいね。

さようなら、大切なあなた、狂おしく愛しています。さようなら、わたしを夢中にするあなた。そのからだ、唇、愛撫が欲しい。そばにいて欲しい、そして一緒に放埒のかぎりをつくしたいけれど、それはまもなくできますね?

シャルル、しっかり愛してくれなくてはいけません。あなたはわたしの幸せの源で、わたしたちはまだ二人の愛の泉を汲みつくしてはいないのです。二人で愛し合うだけ、二人の倒錯だけで、まだまだ深い悦びを味わえることがわかるでしょう。

いとしい唇に激しく口づけします。

あなたのシモーヌ

水曜日　朝五時

シャルル、終わりなのですか？　あなたを永久に諦めなければならないのですか？　あれほど愛情を注いだあと、わたしの人生から抹消しなければならないのですか？

昨日はお互いに険悪でした。きついことを言い合い、人目があるのでやむなく折れましたが、わたしがどんな気持ちで帰宅したかはお察しのとおりです！

一体どういうことなのかはっきり誠実に説明してください。これまでの説明は本心とは思えません。

それに、もう電話は禁止とはどういうことですか？　あなたのオフィスに電話して名乗ったことはありませんし、知られていたなんてまったく意外です。でも、だからどうだというのでしょう。この二年、わたしからの電話には慣れっこになっていたようですし、手紙や気送速達だって、目につかなかったわけではないでしょう。

いいえ、これには別のわけがあるのでしょう。あなたの気が変わりやすいことは承知していますが、二人の関係はどうなってしまったのでしょうか。一週間たらずで、やり直しのきかないところまで来るものでしょうか。

わたしより巧みな情婦、あるいは好きなだけ肛門を穿ってくれる太いペニスに出会ったなら、あなたと淫らな果報者のより大きな快楽のために身を引ける程度には、まだあなたを愛しています。でも、この二年（近く）惜しげなく愛撫を捧げたわたしに、多少なりと気を遣ってくれてよさそうなものを、地下鉄の車内でそそくさと立ち去るとはどういうことでしょう。今夜のわたしに対する態度は本当におかしかったと、ご自分でも思いませんか？　わたしはすっかり気が動転して地下鉄を降りました。たしかに、わたしも感じがよくなかったかもしれません。それは認めます。でも、だからといって、こんなふうに傷つけられるいわれはありません。

そういうわけで、この状況を簡潔にはっきり説明してくれる返信をお待ちしています。二年にもわたるわたしたちの関係が、こんなふうにかっとのぼせて消滅するとは思えません。かっとのぼせてお尻にペニスに舌を這わせて、諍いが消滅するほうがいい。そういうわけで、わたしたちの情事のゆくえはすべてあなたにかかっているのです。あなたを動揺させ、決心を左右させるつもりはありません。答えはあなたの胸の内にあるのです。それがわたしの答えと同じことを祈ります。だって、いくら不機嫌な顔をしても、わたしの望みはあなたをこの腕に抱きしめ、唇をおしあてることよりほかにないと、わかっていらっしゃるでしょう。

こんなふうに傷つけ合うなんて馬鹿げています。しかも、手紙を一通書かなかっただけのことで。ああ、手紙が欲しいならいくらでも書きます。だって、あなたの愛撫はわたしのなかに怒濤の欲望を引き起こし、書かずにはいられなくなるのですもの。でも今夜は、あなたが意地悪だから書きません。

でも、愛しているのはわかってください、シャルル。そして、すべて終わりかもしれない、以前のようにあなたの心にわたしの名が響かないと考えると、どれほどつらいかわかってくださいさい。それでも、わたしの唇からは相変わらず言葉が溢れるのに。そばにいてくれさえすれば！　でも今夜は何も語る気がしません。悲しすぎて、そんな気分にはなれません。

そういうわけですから、こちらから電話はかけず、お待ちします。ぐずぐずしないでくださいさい。わたしはすべてを知る必要があるのですから。

シモーヌ

金曜日　夜十一時

いとしいあなた、

これは悲しい手紙になるでしょう。絶望的な気持ちで書いているのですから。かつて、長い別離を前に書き綴った別れの挨拶とは違います。往来でそそくさと交わしたあの冷たい口づけは、かつてあれほど頻繁に交わしたものとは似ても似つかないものでした。急いで立ち去るあなたを見て、明白な事実を認めざるを得ませんでした。もうお互いをごまかすべきではありません。二人の愛にはひびがあります。どちらがひびをいれたのでしょう？　わかることはないでしょうが、どうでもよいことです。

いとしいあなた、恨みを述べるつもりはありません。ただ率直になってほしいのです。かつての二人の関係の名において、二人の美しい思い出にかけて、お願いですから、この関係がどうなっているのかはっきりさせてください。

現時点では、またお会いできるのかすらわかりません。というのも、この数週間、思いやりも熱意も示していただけず、すべて終わったと確信したのです。立ち去る時、どんな言葉でもいい、希望を持たせてくれる言葉を期待していましたが、何も、旅行の無事を祈る言葉のほかは何も、言っていただけませんでした。行き先の住所すらお訊ねになりませんでした。ですから、自分を納得させようとどうあがいても心を鎮められず、小さなひびを修復することなく、わたしは出発します。でも、わたしたちの愛は修復するだけの価値があるのでしょうか？　あなたから受けたこの苦しみを帳消しにするには、もう手遅れではありませんか？未来はすべてあなた次第です、シャルル。あなたの魂に問います、よくお考えになってください。まだいささかでもわたしへの愛情、欲望がおありですか？　もう何もあてにしていません。ですから、あなたご自身に答えていただきたいのです。

二人のロマンスに終止符を打つと決めたなら、そして、それを告げるのに気兼ねがあるなら、どうか手紙をくださるだけの寛大さを持ってください。二人のあいだにあったものがもはや消滅したなら、わたしには今すぐ知る必要があります。

わたしへの想いがもう皆無なら、無駄に希望を持たせるのは酷というもの。あなたから遠く離れた土地で心を癒し、忘れようと思います。深い痛手を負うにしても、疑念に苛まれるよりよほどましです。どうか、拷問のような試練にかけるのはやめて、シャルル、本心を言ってください。あちらへ行っても、この考えにたえず悩ませないでください。真実を知りたい。そして、今すぐ知りたいのです。

わたしの小さな神様、あなたの愛がよそへ向かっているなら、それでも思い出してください。わたしが熱烈に愛したこと、わたしの人生の美しい二年間をあなたに捧げたこと、狂おしくも真摯な二年間を思い出してください。

あなたのためにこのからだを痛めつけました。だって、あらゆる激情をなだめてさしあげたことは、まだお忘れになっていないでしょう。どんな欲求にも柔順に、つねによりつよい快感を与えるため、どんなことにも物怖じしませんでした。時おり思い出していただいてもいいのではないでしょうか。

ああ、今もあなたを愛しています。そして、あなたを失ったと思うと恐ろしくて気が狂いそうです。わたしのロットの温かい肌に手を触れることも口づけすることも、もう叶わない。その夢のようなからだを狂おしく愛撫することが、もう叶わない……。

二人のあらゆる官能の悦びを、わたしのあらゆる愛撫を、そう簡単に忘れられるのですか？肌に触れるこの唇の柔らかさを思い出してください。硬く尊大なペニスから精液を、睾丸が干上がるまで激しく吸い出したこの口を思い出してください。

ああ、あなたのペニスを吸うのが、お尻を貪るのが好きでした。それに、お尻をさしだして猛々しく痛めつけられるのも、亀頭から睾丸まで丹念に舌を這わせ硬くなったペニスで容赦なく貫かれるのも好きでした。あの器官が見えます。目の前に、いつか描いてくださった絵があります。わたしの唇に向けられた亀頭が見えます。それを口へ導くかのようなあなたのこわばった指が見えます。そしてあなたの声がまだ聴こえるような気がします。「さあ、吸って、ペニスを吸って。ああ、そうだ、いい、もっと、もっと」ああ、太いペニスが口のなかでどんなに硬くなったか。そして、喉に精液がどんなにほとばしり出たか！

でも、忘れることにしたのなら、あれらのイメージをその薄情な心によみがえらせるつもりは毛頭ありません。わたしが二人のセックスを言葉で再現し、新たなセックスを描写しようと思えば、いくらでもできるのはご存知でしょう。煽情的な描写を堪能してもらっていた時代は、もはや過ぎ去りました。ひょっとして、いまは別の人の書いたものを読んでいらっしゃるのでしょうか？

あなたは男の猛々しい愛撫を欲していらした。男のペニスを吸い、男に吸われることを欲していらした。わたしはその至上の快感を与えたのです。今になって、それを責めるのですか？　そして、もうわたしが何をしても気にくわないのですか？　ああしたのは悦ばせたいがためだったのはご存知でしょう。あなたと関係を持ったこの二年間、たえず一途に愛し続けていました。

もうこの辺で筆をおきます。どうか、最後のお願いです。どっちつかずのこの状態に捨ておかないでください。気が向いた時、可能な時で構いません、心のままに返答してください。あなたの結論を待ち、たとえあなたの胸の高鳴りがわたしのそれに呼応するのをやめたとしても、気丈に受けいれます。

わたしの小さな神様、この手紙はどうしても書く必要がありました。わたしの書いたとおりなら、これがあなたへの最後の手紙となり、お互いを忘れることになるでしょう。もし、わたしが勘違い、またも勘違いをしていたら、どうすべきか教えてください。

さようなら、大切な人。ごめんなさい。不愉快にさせたことは忘れてください。ただ、ペニスに触れるわたしの口、お尻の穴につけられた唇、そしてお尻に嵌まるわたしのペニスのことだけを考えてください、淫らなロット。

もうわたしのロットではないのですか？　もうわたしのシャルルではないのですか？　わたしはもう、引き締まったお尻をし、巧みな口であなたを快感であれほど悶えさせた淫婦ではないのでしょうか？　まだわたしの愛を欲してくださるなら、言いたいことはいくらでもあるのに！

月曜か火曜、郵便局に寄ります。わたしの身の振り方を決めてくださることを祈ります。いまいちど、その暗い大きな目と愛らしい口にキスをします。だって、あなたを愛しているし、この心はあなたへの思いで溢れているのですから。

あなたのシモーヌ

# 編者あとがき——手紙の整理を終えて

本書を読み終えた読者と同じように書簡の発見者もまた、シモーヌと苦悶をともにし、その絶望にともに胸を震わせた後、文通を打ち切らせたシャルルの唐突な退場の原因について憶測をめぐらした。

以前から避けられないと知っていた破局を急ぐかのように、シモーヌが致命的な心遣いをもって引き合わせた「色男」と手に手をとって去ったのだろうか。

この物語の「完」に代わる途絶を、私はそのようには解釈しない。ばらばらの便箋をつなぎ合わせて手紙を復元し、時系列順にそろえようと、一年近くも根気よく作業に取り組むことでシモーヌに寄り添ってきた私は、驚くべきも不幸な愛の物語からほぼ百年の時を経て、彼女と交信するような親近感を持つに至った。実際、書簡の束から一枚、そして一枚と抜き出しては読み返し、涙を流す彼女の姿が「見えた」こともしばしばだった。とりわけ最後の数通は、大部分の字がおそらく涙で消えかけていた。

過去を透視する能力を得たわけではないものの、書簡の整理作業をとおし二人の主要人物おのおのの実像に迫ることができたように思う。確かに、シャルルはシモーヌの記述から透かし見えるだけだが、それでもかなり彼の人となりは把握できた（そして、かなり情けない男という見解を持ったのだが……）。

彼は何か月も前からこの関係に耐えられなくなっていた。シモーヌの愛情が重荷になっていた。暗に示されるものもふくめた彼女の期待と非難、熱烈な宣言、彼女の苦しみと犠牲、そして彼を充足させていたはずのリビドーまでが息を詰まらせるものとなっていた。しかし関係を絶つ度胸はなく、自分自身の弱さゆえに彼女を恨めしく思いながら、欲望と新たな快楽に流されるままになっていた。

そもそも、彼は一九二九年に情事のため一晩からだをあけることを約束していた。しばしば間隔のあく、束の間の情事に終始していた二年間の関係において、唯一言及される夜を徹しての情事である。しかし、それが間近に迫っていることを指摘する手紙はあっても、あとでコメントする手紙は見あたらない。結局のところ彼は同意しなかったのではないか。最後の数か月は彼女を避け、会うのも間遠になり、とりわけ逢引後の諍いが頻繁になる。うんざりしながらも、彼は時おりの欲望に負けては関係を続けていた。というのも、シモーヌはただ彼を愛していただけでなく、旺盛な情熱が彼女を抜け目なくし、彼が逃げ腰になればなるほど、ますます新しい妄想で刺激し、男性同性愛の嗜好に目をひらかせまでするからだ。したがって、本書の真の物語が始まるのは終盤である。私のように読者は自由に解釈し想像を逞しくするだろう。

私の解釈はこうである。シャルルは大胆に欲望を追求する自分のイメージに耐えられなくなっていた。それで、狂気の沙汰は自分ではなく、すべてシモーヌのなせる業だと思いこもうとする。この時点でシモーヌは捨てられる運命にある。すでに彼女の妄想が非難されていることが複数の手紙から窺える。こうして、半狂乱の愛人が身を賭して発見させてくれた男性同性愛の嗜好を身をもって受けいれるという、一九三〇年にはまったく望ましくない展開を放棄するのだ。

この愛の物語のヒロインはシモーヌで、シャルルは脇役に過ぎない。ほぼ一世紀がたち、シモーヌの苦悩は墓に眠る彼女とともに消滅して久しく、シャルルもまた塵でしかなくなっている今、彼が影の薄い存在に過ぎないのに対し、シモーヌはなお崇高であり続け、その苦悩は色褪せることなく我々の周りに漂い続けている。

おそらくそれがために、空瓶と古新聞の下からカバンを発見した時、私はあれほど奇妙に心を掻き乱されたのかもしれない。ここに込められた情念は消えることなく何十年もの忘却をへてなお輝きを放ち続けていた。彼女が生きていたら、この腕に抱いてあげたかった。あの若い愛人はそれほどの苦悩に値しない、時がたてば恋愛の痛みなど取るにたらないものになると言って慰めてあげたかった。摑みどころのない影に虚しく口づけすることしかできないが、彼女の物語が多くの読者の心に触れることで永続し、我らがヒロインを虚無からよみがえらせる希望を持つことはできる。

結局のところ、シモーヌの人生からなぜシャルルが突然姿を消したのかは重要ではない。

心に留めるべきは、シモーヌが模範を示してくれた不滅の女性らしさと献身である。書簡が証言する情交と快楽への飽くなき欲求を超えて、それは女性が過去、現在そして未来にわたってひとを愛する愛し方にあまねく浸透しているのである。

J.Y.B.

# 訳者あとがき

一九二八年初夏、パリで二人の男女が出会う。職場も住まいも近く、しばしば顔をあわせていた二人の関係が始まった。女の名はシモーヌ。教養ある良家の子女で、オフィス勤めの独身女性。男は年下で名前はシャルル。シャルルが妻帯者であることをシモーヌは受けいれている。したがって、人目を盗んでの束の間の逢瀬である。これを補うかのように、二人は手紙をやりとりする。おもに互いの職場や出張先宛てに書かれる手紙は情事の延長、あるいは前戯のような様相をおびる。

それからほぼ百年後、古いアパルトマンの地下室で膨大な数の書簡が見つかった。女性の手になる恋文のあまりの赤裸々さに驚き、好奇心に駆られた発見者の外交官は、退職をまぢかにひかえた駐在先の南国で、余暇を手紙の整理に捧げることになる。ろくに日付もなく、脈絡なくカバンに詰めこまれていた手紙の断片を読みこみ、つなぎ合わせて復元し、時系列順に整理していく。こうして編まれたのが本書『マドモアゼルSの恋文』(Anonyme, Mademoiselle S - Lettres d'amour 1928-1930, présenté par Jean-Yves Berthault, coédition

Gallimard/Versilio, Hors série Littérature, Gallimard, 2015）である。

来歴においても内容においても、実に特異なテクストである。これらの書簡はたまたま発見されなければ日の目を見ることのなかった古い私信で、実在した無名の女性が不倫関係にあった男性にひそかに書き綴ったものである。そんな予備知識のせいか、おのずとテクストに書き手の切実な肉声が感じられ、彼らの禁断の情事を垣間見るような後ろめたい感覚をおぼえさせられる。

そして手紙はほぼすべてが性愛に関する内容で、筆致が驚くほどストレートなのだ。はるかむかしの女性が書いたと思って読みはじめると、なに憚ることなくペニスをペニス、睾丸を睾丸と呼び、自分が望む激しい性戯を具体的に描写する率直さ、タブーのなさに意表を衝かれる。私信であるという状況や、相手を性的に興奮させたいという書き手の意図が少なからずあったにせよ、ずいぶん破天荒な書きようである。しかもあくまで女らしく、不思議なほど猥褻な印象をあたえない。むしろ、テクストにはシャルルに対する愛と欲望が横溢し、シモーヌの情の深さ、貪欲かつ体あたりで官能の悦びを追求しようとするひたむきさが痛いほどつたわってくる。

関係をもつまえは内気にみえたシャルルだが、サディスティックにシモーヌに挑み、彼女は痛みに悦びを見出す。性的倒錯性を共有するパートナーをえた二人は、さらなる倒錯と快楽を追求する冒険にのりだしていく。回想あるいは願望として書き綴られる彼らの行為、それを描写する語り口、またそこから浮かびあがる二人の関係性はページを追うにつれて変容、進展していく。はじめのうちこそシャルルに柔順に従っているかにみえたシモーヌは、やがて実質的な主導権をしっかりと握るようになる。そして当初の主従関係は単的に逆転するというより、むしろ時に応じてジェンダーすら自在に転換しての遊戯へと発展し、補助的な道具も用いつつ、二人で四つの肉体を体現する渾沌とも創造的ともいえる域に達し、はては二人の情事に第三者をくわえる夢を膨らませ、徐々に具体化させていく……。

しかし、このような情事の奔放さもさることながら、思い及ばずにいられないのが彼らの書くこと、読むことに対する執着である。編者によれば実際に発見された手紙の数は、本書に載せられたものの三倍にのぼるという。性的快楽を貪欲に追求しながら、どうも生理的感興だけでは彼らのいとなみは完結しないようにすらみえる。手紙を書き、読むことこそが彼らの性行為を起動させているかのようだ。

わたしたちに読めるのはもっぱらシモーヌが書いた手紙で、のちに及び腰になっていくシャルルはこれほど多くの手紙を書かなかったのではないかと想像されるが、すくなくともシモーヌにとって、書くことは性行為と同じくらい重要で貴いいとなみであったと思えてならない。手紙の長さや数ばかりではない。随所で表現を凝らし、ユーモアを交え、率直に心情を訴え、やさしい言葉で相手を思いやる。シャルルの妻に対する嫉妬にさいなまれ、彼の出張による孤独に苦しんでも、勢いにまかせて恨みつらみをならべることはない。ひょっとしてシャルルは、シモーヌとの行為のためというより、彼女の書く手紙のために関係を断念できなかったのではないかとさえ思えてくる。

実は、訳者が本作品を初めて読んだのはフランスでの刊行前の段階で、編者による詳細な註はまだつけられていなかった。ほぼ百年前の女性が書いた恋文の赤裸々さに驚いたのは言うまでもないが、同時に、なぜこのようなきわめて私的な文書がいままで保管され、ついに書物として刊行されるにいたったのかに思いを巡らさずにはいられなかった。たとえ自分から別れを告げたとはいえ、男は愛人との思い出、すくなくとも愛人からの手紙は後生大事にとっておいた、とするならば、シモーヌの情熱も献身もたしかに報われるかもしれない。だが、これほどきわどい書簡を手もとにおいておく精神状態とはいかなるものか？　書簡を保管しこそすれ、その出版など企図するどころか、思いつきすらしなかったろうから、結局、未練が仇となったとは言えまいか？

このような複雑な思いは刊行されたヴァージョンで解消された。手紙が保管されていたのはシモーヌの自宅だったという事実が編者の注釈によって明らかになるのだ。二人の関係が終わったとき、女性の名誉を重んじる旧来のしきたりにのっとって、手紙は男性からそっくり送り返されたのだ、と編者は結論する。ならば、もうシャルルの立場を忖度する必要はない。編者の言うとおり、これはあくまでシモーヌの愛の物語である。奔放に貪欲に性愛を謳歌し、そのために身をなげうったシモーヌの物語。そんな彼女の情熱こそが、何十年ものときを越えて編者ジャン＝イヴ・ベルトー氏の心を揺さぶり、この書簡集が生まれるにいたったのだ。ここに氏の功績もまた指摘しておきたい。

翻訳にあたっては飛鳥新社の深川奈々さんに大変お世話になりました。ありがとうございました。百年前に生きたマドモアゼルSの恋文が、現代の読者に愉しんでいただけることを願いつつ。

二〇一六年五月

齋藤可津子

マドモアゼルSの恋文　1928-1930

2016年6月17日　第1刷発行

編者　ジャン＝イヴ・ベルトー

訳者　齋藤可津子

装丁　芥陽子

装画　オカダミカ

校正　松木昌子

発行者　土井尚道

発行所　株式会社 飛鳥新社
〒101-0003　東京都千代田区一ツ橋2-4-3
光文恒産ビル
03-3263-7770（営業）　03-3263-7773（編集）
http://www.asukashinsha.co.jp

印刷・製本　中央精版印刷株式会社

ISBN 978-4-86410-493-7



編集担当　深川奈々